愿每个小小的孤勇者，都找到那束属于自己的光。

王卢佩不跳舞

[美] 唐娜 · 巴尔巴 · 伊格拉 著

李小霞 译

中信出版集团 | 北京

图书在版编目（CIP）数据

王卢佩不跳舞 / (美) 唐娜·巴尔巴·伊格拉著；
李小霞译. -- 北京：中信出版社, 2023.4（2024.9重印）
书名原文: Lupe Wong Won't Dance
ISBN 978-7-5217-5353-0

Ⅰ.①王… Ⅱ.①唐… ②李… Ⅲ.①儿童小说—长篇小说—美国—现代 Ⅳ.①I712.84

中国国家版本馆CIP数据核字（2023）第042403号

Lupe Wong Won't Dance by Donna Barba Higuera

Published by Levine Querido and distributed by Chronicle Books, LLC
This edition arranged by BIG APPLE AGENCY, INC., LABUAN, MALAYSIA

王卢佩不跳舞

著　　者：［美］唐娜·巴尔巴·伊格拉
译　　者：李小霞
出版发行：中信出版集团股份有限公司
（北京市朝阳区东三环北路27号嘉铭中心　邮编　100020）
承 印 者：嘉业印刷（天津）有限公司

开　　本：880mm×1230mm　1/32　　印　　张：9.5　　字　　数：168千字
版　　次：2023年4月第1版　　印　　次：2024年9月第2次印刷
京权图字：01-2023-1293
书　　号：ISBN 978-7-5217-5353-0
定　　价：35.00元

服务热线：400-600-8099
投稿邮箱：author@citicpub.com

献给我的索菲娅，
你总能优雅、友善、幽默地处理各种冲突
和逆境（当然还有方块舞）

目录

CONTENTS

第一章

宇宙处于危险之中

我的运动短裤像只受惊的土拨鼠一样往上钻。重要备忘录：记得从家里带运动裤，不然就得借学校里的烂玩意儿。不过，我能应付。我拉起护膝，调整腕带，又用力系紧了马尾辫。准备战斗吧，七年级春季学期的体育课！

裤子实在太紧了。我从储物柜门后探出半张脸，环顾更衣室，确保无人注意，然后随意地把一只脚蹬在长凳上，偷偷拽住内裤，往下扯了扯。

砰！萨曼莎·平克顿猛地关上了柜门，惹得全更衣室的女孩都看向她。“哟，裤子里发现了什么好东西吗，卢佩？”她大笑起来，一半人也跟着她窃笑。

我差点儿就要回敬说：“是啊，你妈妈在这儿呢。”但话到嘴边，还是忍住了。

萨曼莎上前一步，鼻尖离我几英寸远。

“哦，找事吗？”这一次我脱口而出。

萨曼莎一怔，挠了挠鬓角。显然，我的回应让她有点意外，反而不知该如何应付。我最要好的朋友安迪对她倒是毕恭毕敬，不过，拍马屁不是我的强项。

索尔登教练的哨声打破了僵局。“瓜达卢佩·王……萨曼莎·平克顿！”她双臂交叉在胸前，壮硕的身躯把办公室的门口挡得严严实实，“聊什么呢？让我们也一块儿听听？”

我咬紧牙关，摇了摇头。不能冒险被扣分，我得在体育课上拿 A。

萨曼莎的声音忽然变得和她的果味香体喷雾一样甜美：“在欣赏卢佩的短裤呢，索尔登教练。”

“下课后再欣赏吧。”教练说着，示意萨曼莎入列。

萨曼莎睨了我一眼，还想用眼神挑衅，但我只是牢牢盯住她 T 恤前面那只竖着大拇指的卡通鲑鱼。显然，有人忘了告诉设计学校吉祥物的家伙，红鲑鱼萨米应该长鱼鳍，而不是手指。萨曼莎像条蛇一样滑进了队伍里，站在我身后。

“哦，找事吗？”她压低了声音学我。

谢天谢地，安迪这个学期和我一起上体育课。“别理她，”她站在我旁边，使了个眼色，平静地低声说，“我还有一条足球短裤，明天带给你。”安迪的妈妈大概已经给她备好了四条运动短裤，一台新的笔记本电脑，以及一对一家教服务，以“确保她学业有成”。

我咯嘣一声捏响了指关节。“不用，我记着了，下次不会再忘带了。”

我们排成一队，拖着步子走向体育馆，准备去上篮球课，或者排球课，或者……谁知道是什么课。教练从更衣室后的器材室里推出一辆手推车，上面架着一台电视。“别乱动，别交头接耳。”她把手推车用力推出弹簧门。

“等等，这事不对。”看见教练一个球也没带就走了进来，我忍不住小声说。

安迪一开口，我就知道她在翻白眼。“我知道，我知道……”她的手一张一合，假装是个布袋手偶模仿我说话，“凭什么规定所有人的短裤裤脚都不能短过指尖呢？胳膊长的小朋友，短裤的长度完全可以到手腕……如果女孩子穿什么衣服让男孩子分心，责任也不该在女孩子身上……”她扩开手掌，让手偶的嘴巴夸张地开合着，“而、而、而、而且，凭什么不给华裔和墨西哥裔混血的孩子专门设计一种种族标签泡泡贴呢……”

“本来就是啊！”我说，“你就可以直接选一个黑人泡泡贴。为什么我却只能华裔、墨西哥裔二选一？这不公平，对谁都不公平。”

我的大多数抗议行动不过是给校长写一封措辞强硬的信。安迪耸了耸肩。

“但我说的不是这个。”我咬了咬下嘴唇。男女混上的体育课向来是我的主场。除了二年级的跳绳课之外，我甚至一直都待在男生组。“看到那台电视了吗？我们是不是要学点什么历史悠久的运动，比如那种……叫什么来着，用迷你网球拍来回打一个塑料雪锥似的东西？”

“那个叫羽毛球。”安迪咯咯地笑了，黑色的卷发上下弹动。

“别闹了，安迪。我非常需要这个 A。”我说。

“我知道。不过，你刚才说的那个，真的就叫羽毛球。”她答道，“好啦，你可是咱们班最牛的人，你知道自己什么都能搞得定。要不了多长时间，你就能见到傅立，把一听玉米罐头或者随便什么玩意儿投给他啦。”

我跟安迪说过赫克托舅舅对我的承诺。他在西雅图水手队*工作。他说，如果我能拿到全 A，他就会带我去见傅立·埃尔南德斯——职业棒球大联盟中的第一位亚裔和拉丁裔混血投手。同是华裔、墨西哥裔混血，既然傅立已经成了第一个打入职棒大联盟的男投手，说不定我就会是

---

* 西雅图水手队，美国职业棒球大联盟中的三十支球队之一。——译者注

第一个投出无安打*的女投手呢！

我是不是忘了说，棒球就是我的生命？

我一直忙着在其他课上找回状态、达成优秀，倒是从没担心过索尔登教练和她的新项目会带来什么威胁。想到这里，我不由地咬住了双颊内侧。除了梦想有一天打进职棒大联盟之外，我这辈子还从没有如此渴望过什么。

索尔登教练走回更衣室，开关了几下吊灯，把最后几个还在磨蹭的同学赶进了队伍。她举起胸前的哨子，短促地吹了四下，好像要率领一支军队投入战斗。

她的短裤勒得比我的还紧，屁股比我的还翘，但她看上去毫不在乎，昂首挺胸地领着我们走进体育馆，二十个男生已经在那里等着了。

我的朋友奈尔斯站在队伍里朝我挥了挥手，我也笑着挥手回应。但马上，他举起手，模仿着《神秘博士》中博士操纵万能音速起子的动作。这是我们俩的暗号，意思是我们得谈谈，而且是“宇宙处于危险之中”级别的紧急事务。

离上课还有半秒钟，我示意去那个男女生队伍之间的位置，那儿刚好被挡在教练视线之外。我们俩微微出列，

---

* 无安打，棒球比赛中投手的最高成就。在整场比赛中，投手没有给对方击球手击出界内球的机会。——译者注

会合到一起。

萨曼莎轻蔑地笑了一声，指了一下我和奈尔斯。

“嗨，卢佩！”奈尔斯说着，舒了一口气。

我凑到他旁边，不想让别人听见。“什么事？”

萨曼莎的几个朋友也吃吃笑着一起贴过来。

不能饶了你们。我悄悄释放了一个无声但致命的“小家伙”。三、二……

恶臭弥漫。“哦——！”萨曼莎惊叫了一声，低声对她的朋友克莱尔说，“我发誓不是我放的。”

我沉浸在无声臭屁弹投放任务圆满完成的喜悦中，得意忘形地又扭了一下，新一轮轰炸翻腾而起。

奈尔斯朝我摇了摇头：“不是吧，我就在你边上呀？”

“抱歉，”我悄悄说，“误伤友军。”

他点点头，目光穿过我，盯住体育馆顶棚的横梁。他和人说话的时候看着点别的东西会轻松些，有压力的时候更是如此。我又凑近了一点，听到他喃喃道：“听着，有情况。”

教练在体育馆的另一头训斥一个迟到的同学，大家逐渐安静下来。时间不多了。“我也注意到了。先看看她要干什么，下了课再说？”

“但肯定是大事儿。”他低声答，指了指电视，“每次一上课，教练都是组织大家拍球、投球或者运球……”

和我一样，奈尔斯也讨厌改变。我瞥了教练一眼，她正转球拍似的转动着手中的电视遥控器。“是啊，是啊。”我嘟哝着，流露出一丝丝担忧，“你猜那电视是干什么的？会不会是要向我们展示一种新的运动项目？”

“我猜是……”

教练转向我们，遥控器仍在手上转动着。“站好队，福斯特。”

“快回去站好。”我低声催促，“不然她会罚我们做俯卧撑的。”

归位后，我假装握着音速起子，关闭顶部装置，表明我们俩现在至少达成共识，这的确是意外状况。奈尔斯点了点头。

萨曼莎还在连连作呕，无暇理会我们的暗号。

索尔登教练趁大家安静的间隙拍了拍手。

“大家注意，现在宣布一件事！都近点。”她走到了放电视的手推车边。我的心忽然悬空，吊到了嗓子眼儿。

四十名七年级学生一齐移动。轻风将八十只鞋子和八十个腋下的气味带进了我的鼻孔。

索尔登教练来回扫视，目光锁定在我身上。就在我开始慌乱时，她又盯上下一个“受害者”，然后再继续。一个接一个地，她和我们中的几个进行了一番“眼神交流”。所有被她单挑过的孩子都不禁扭捏起来。看来，她那双激光眼瞄准的主要是有运动特长的几个孩子。布雷克——去年棒球队里我的接球手，悠悠地看向我，扬了扬眉毛，亮出了第三个击球手上场前他那种势在必得的眼神。

随后，索尔登教练做了个招牌动作：把那件小了一号的 T 恤往那条小了两号的运动短裤的裤腰里塞了塞。看来，问题恐怕比我想象的还要糟糕。我的手心开始冒汗。教练按下了遥控器上的播放键。

屏幕亮了。男男女女站成一圈。男士们穿着牛仔裤和格子衬衫，女士们则身着颜色相配的蓬蓬裙，裙摆如同缤趣图片网站上烘焙失败的纸杯蛋糕。我的午饭都快要吐出来了。屏幕上的男女两两配对，手牵着手。

刺耳的小提琴声回荡在空旷的体育馆里。

一个南方口音的家伙以高亢的鼻音号叫着：

> 若不是为了棉眼乔，
> 很早以前我就结婚了。
> 你从哪儿来，又到哪儿去？
> 你从哪儿来啊，棉眼乔？

歌词很像是某种奇怪的乡巴佬说唱。屏幕上的人手挽着手，像小跑的驴子一样蹦着跳着。

索尔登教练跟着音乐的节奏踮脚、拍手，臀部还左右摇摆，只不过慢了半拍。这简直就像上回我的生日派对上，妈妈坚持要教我的朋友们跳什么玛卡莲娜舞的情形。我默默地祈求上天结束这一切。然而，生日派对上我的祈祷没奏效，此刻，教练也没有停下的意思。

布雷克看着我，好像嘴里含着一口柠檬汁。佐拉·芬普尔干脆捂上了眼睛。马库斯——我们棒球队的二号投手，每次投手轮换都得排在我后面——盯着屏幕，紧张得阵阵干呕。难道成年人都不知道自己的样子有多尴尬吗?!终于，音乐停止，舞者们向舞伴鞠躬致意，教练也朝某个假想的舞伴深鞠了一躬。

她按下遥控器上的停止键，花了几秒钟才顺过气来。随着教练的声音在体育馆里回响，我和在场所有人一样，震惊地张大了嘴巴。

“同学们，这就是我们本学期的课程，欢迎大家！”

第二章

一个保持着喷鼻涕最远纪录的女孩

我还从来没有把体育馆这个空间与一种如此毛骨悚然的感觉联系到一起过。拜托，谁能想个法子阻止这一切啊！像傅立·埃尔南德斯那样的人，会被抓去跳这种诡异至极的舞蹈吗？而且，跳舞不是应该在夜总会或者芭蕾舞室吗？为什么要在体育馆呢？再说，这都什么时代了，方块舞得放到19世纪去跳才不会让人尴尬得手足无措吧？

剩下的二十分钟，我们又看了同一套方块舞的不同演绎版本。我全程用脚指头抠着鞋底，偷偷瞥一眼四周，大多数人已经呆住了，好像看到了穿着内衣的奶奶站在面前。当然也有例外。卡尔·特隆森闭着眼睛，嘴巴微张。看到这么恐怖的东西，他竟然还睡得着？还有戈登·施奈利，他的脚居然在随着音乐打拍子！

每个版本的方块舞都是以男歌手或女歌手用清一色的南方口音哭诉“若不是为了棉眼乔，很早以前我就结婚了”开始的。而女歌手唱“棉眼乔”的时候，这首歌就更加难以忍受了。这位叫棉眼乔的老兄到底干了什么缺德事儿？为什么没遇到他，反而能结婚、能过上幸福的生活呢？老天！他已经毁了那么多人的生活，还不够吗？现在又来毁掉我的人生了。

终于，折磨人的音乐结束了，索尔登教练挥胳膊扭腿的舞步也停下了。但是，有些东西你一旦看过，就别想忘掉。

“最后，”教练对我们眨了眨眼，“别忘了准备好你们的舞鞋。我们明天正式开始学方块舞。”

我的后背一阵冰凉。体育馆里回荡着一片低低的哀号。好像有人鼓掌，可能是我在幻听吧。大家耷拉着肩膀，郁闷地回到了更衣室。

安迪和我迅速换好衣服，去男生更衣室外面等着。

布雷克穿着我们伊瑟阔精英队的棒球衫走了出来，和我碰了碰拳头：“嘿，卢佩，胳膊还行吗？”

我绷紧胳膊，秀出肌肉。布雷克凑近了眯着眼打量，我给他肩膀上来了一捶。我们俩都笑了。

布雷克走开后，安迪翻了个白眼：“真够傻的。”

最后一拨男生从更衣室里涌出来。我歪头朝里面叫道："奈尔斯你快点儿！我们不是去参加毕业舞会！"

"对不起！"他喊道。

连戈登·施奈利都出来了。这节课还什么都没干呢，戈登就已经汗流浃背了。

课前两分钟的预备铃响了，奈尔斯终于走了出来，腰上系着一件印了"环节动物大联合！拯救帕劳斯巨型蚯蚓！"字样的运动衫。我也许勉强能算是我妈妈所说的"社会正义战士"，但奈尔斯，绝对是我们这片地区保护濒危物种行动的大力倡议者。令他无奈的是，西北太平洋沿岸还是有一些奇异动物正濒临灭绝。

"声明一下，要是你真的请我去参加毕业舞会，我是不会出来的。"他歪了歪脑袋，示意我和安迪快点跟上，好像反而是我们俩害得大家最后一节课迟到似的。

我们快步离开体育馆，向主楼走去，一路全是迎面跑来上体育课的孩子。终于看到那条主楼走廊时，安迪、奈尔斯和我交换了一个眼神。超级拥挤的走廊，意味着——超级危险。

上小学那会儿，奈尔斯有一位姓阮的特殊辅导老师，那时候我们还不用走班上课呢。现在，奈尔斯会去学习资源中心见兰伯特先生，一周两次，或者按照他、他妈妈，或者某位老师的要求多去几次。奈尔斯有一点自闭症，所以学校给他安排了特殊的走班课表，尽量不让他在走廊里暴露太长时间。可是像今天，我们还是得穿过主楼走廊才能去上最后一节课。每到这种时候，我就倍感紧张。

我站在奈尔斯身体一侧，握紧他的胳膊肘，安迪站在他另一侧。这条走廊是露天的，遇上下小雨（西北地区几乎天天如此），大家就会跑得飞快。孩子们挤来挤去，就像学校旁边那条河里的鲑鱼。好吧，我们蹩脚的校园吉祥物倒是选得有几分道理。他们甚至把走廊涂成了泥土和水藻的颜色，好让我们感觉更加身临其境。

“出发。”安迪一声令下。我们三个紧紧地拥在一起，慢慢挤进了这条走廊。

两秒钟后，自动铅笔从安迪没拉上的笔袋里掉了出来。她正要弯腰去捡，被我一把拽住了。“你要干吗？”我大叫着，“别管它了。落个脑震荡或者折一条腿可不值得。”我把我的铅笔塞给她一支，继续往前走。

安迪心疼地回头看，铅笔在晃动的腿和脚之间消失不见了。

尽管我哥哥保罗总是威胁说要把我送回动物园，还说爸爸妈妈就是在那儿捡到我的，但他对我还算有那么一点儿爱，至少会在我上中学之前就警告我主楼走廊的致命危险。“你要是死了，家里少张嘴，我还能多吃一份儿。不过，你要是想活着读完中学，记住，不停地往前走，千万、千万别停下来捡地上的东西。”

其实这儿有点像电影《速度与激情》中的赛车道，只不过有一半人在和你相反的方向上竞速。升入中学的第一天，戈登·施奈利就迎面撞上了一个戴着脊柱侧弯矫正支架的孩子，一颗门牙被撞断，另一颗直接丢了——它飞过水泥路面掉进了外边的烂泥里，再也找不到了。

我闪身避开了两个正在大谈特谈的女生，她们相当不遵守“交通”规则。走了一会儿，我看到前方人流中腾出了一条小缝，于是迅速插进去，反过身子倒着走，面朝奈尔斯和安迪。

“好吧，你们说，接下来是什么计划？”我问。

“计划什么？”奈尔斯问。安迪也一脸困惑。

“你们不是上课了吗？”我抬高了声音，“当然是计划摆脱那个方块舞啊。只要不用披着条野餐毯子，像个傻瓜一样蹦蹦跳跳，让我做什么都行。再说了，体育课也不是用来跳舞的。”

安迪翻了个白眼：“看来你又多了一项新使命哦。”

一位短跑健将以冲刺般的速度扑了过来，奈尔斯在紧要关头敏捷地侧身一步，化险为夷。“两件事让你选：生吃蛆虫或者学跳舞。你选哪个？”他问。

“我肯定选生吃蛆虫。”我说。

我也想出了此刻能想到的恶心之最。“两件事让你选：和萨曼莎跳舞或者吃更衣室下水道的头发。你选哪个？”我问。

“下水道里的头发。这两个没有可比性。”奈尔斯答。我们大笑起来。

安迪奚落道：“说这些废话有什么用啊，朋友们。”

奈尔斯和我乐此不疲。“两件事让你选”的把戏一直是我们俩的最爱，但不是安迪的菜。在安迪的脑袋里，除了她妈妈逼着她报的课外班，什么电脑编程、国际商务日语口语，大概剩不下多少空间了。不过，眼下她说的恐怕没错，我们还有更重要的事要做。

“那我们该怎么摆脱方块舞呢？”我问。

“是为了成绩吗？”安迪反问。

我耸了耸肩。如果数学、语文、社会研究课都一直拿A，体育课其实无所谓。但我去年读书有点分心，得了一两个B。结果，那些指望我成为家族第一位博士的叔叔舅舅姑姑姨妈，甚至是远房表亲们都知道了这件事，每个人见到我都要鼓励上一句：“我相信你，卢佩，明年一定会考出好成绩的！”

“我真是搞不懂，你舅舅为什么不直接带你去见傅立呢？他明明知道这对你非常重要。”

“她舅舅很有头脑，”奈尔斯说，“完全知道用什么能激励卢佩更努力地学习。”

安迪差点儿被一只可恶的水瓶绊倒："我嘛，倒不觉得方块舞真有那么糟。而且我打赌，你舅舅也会通融一下的。"

安迪从没见过我舅舅，她根本不知道自己在说什么。赫克托舅舅的座右铭是："我们是墨西哥人，'哥'人无所不能。"这话听起来又俗又傻，但他却十分当真。而且，赫克托舅舅显然还把我成绩下滑的事告诉了傅立。傅立甚至亲手写了一张便条，让赫克托舅舅转交给我：**任何人都能投出一记好球，但只有真正有个性的人才能打出一整场好比赛。加油！祝我们早日见面！**

我都没看懂这张便条是想告诉我什么，很显然，傅立也有一位墨西"哥"裔的舅舅。

"不，他才不会。"我说，"我放学后得和索尔登教练谈谈。还剩一个小时，我要想出办法说服她别再让我们跳方块舞。"

"我说对了吧？她现在有新使命了。" 安迪又假装布袋手偶在说话，"跳方块舞会导致脚部真菌感染，脚趾外翻，"她模仿着我的声音，"必须废除方块舞，不然全体七年级学生都会变成无足星人。"她朝我眨了眨眼睛，猛地左拐，进了她的社会研究课教室。

走廊里的人越来越少，但仍然喧闹得像两个赛季前傅立投出无安打的现场。我们的目的地，科学课教室到了，奈尔斯拉了拉我，我们俩赶紧挤出了混乱的走廊。一股化学物质烧焦的气味迎面扑来。

奈尔斯和我刚坐下，上课铃就响了。这个学期，我们俩竟然和戈登·施奈利分到了一个实验小组。这家伙总是戴着护目镜，哪怕实验压根儿还没开始。从第一天起，他就滔滔不绝地强调有毒气体残留如何如何危害眼角膜。

自从不幸撞上那个戴脊柱侧弯矫正支架的孩子之后，戈登说话就开始漏风了。“对（最）近几（怎）么样，伙计们？”这有时十分令人费解，幸好，奈尔斯听得懂。我呢，也在慢慢适应。以前我们没怎么和戈登打过交道，不过，既然这学期我们要成为实验搭档，就有必要互相多了解。

“卢佩讨厌方块舞。”奈尔斯说。

“就我个人而言，倒是非常期待。”戈登坐得更端正了。

哈，我总算知道教练宣布学方块舞的时候是谁在鼓掌了。怎么会有人真的喜欢方块舞呢？

“我奶奶总夸我，说我是她的完美舞伴，不管是独舞还是和大家配合，都很棒。”戈登说着，扭了一个小舞步，“她还说，我天生有节奏感。”他扭动的样子更像一头吞鱼的海豹，不过我什么也没说。

奈尔斯点了点头。“音乐和节奏感显然是——”他突然睁大了眼睛，指着戈登的T恤衫中间。那儿印着一个符号，像一对向上拱起的翅膀，中间还有一颗插在圣诞树顶的星星。“绝地武士？”

戈登兴奋地一拍双手，就好像得到了生日愿望清单上最期待的礼物。“星战迷?！”

“星际迷。”奈尔斯回答。他比了一个手指抽筋般的姿势，五指张开，中指和食指并拢，无名指和小指并拢。

“星际穿越即将启航，奈尔斯。”戈登挑衅地眯起眼睛。我相当确定，这两个家伙大概是要进行一场银河系的地盘争夺战，不过是很开心的那种。

科学课老师朗格伦先生开始讲话，教室里嗡嗡的交谈声戛然停止。他声音沉闷，像一辆永远切换不到高档位的拖拉机：“今天这节课，我们来研究神奇的三羧酸循环。”

我拿出一张纸，却没有像其他人那样写下“三羧酸循环”，而是写了“方块舞”三个字，又在它周围画了一个圈，还套了一个方框，最后干脆把脑袋贴在了桌子上。桌板上浸泡多年的化学物质残留恐怕会渗进我的大脑，但我不在乎。说服索尔登教练的希望太渺茫了。我偷看了戈登一眼，他已经在画三羧酸循环了：字母和符号连接着箭头，又指向其他字母和符号。

奈尔斯拍了拍我的胳膊：“换我记今天的笔记吗？”

我抬起头，只见他咧嘴笑着。奈尔斯家和我家只隔着四栋房子，我们俩从小一起长大。他卖柠檬水给我买过新手套，我则靠刷马路牙子上的地址号码帮他买过漫画书。

但今天该轮到我记笔记了。

“可以吗？”我问。

奈尔斯掏出他的笔记本，挥笔追赶课堂进度。

朗格伦先生开始在白板上画三羧酸循环——和戈登已经画完的一模一样。奈尔斯负责记我们俩的笔记，我则假装在记，实际上写的却是：

1. 方块舞并不是体育运动。（如有必要，以奥运会为例。）

2. 舞伴们手牵手，不卫生。

3. 调查跳方块舞导致死亡的统计数据。

4. 方块舞是……

教室的灯配备了运动感应器，频频熄灭，打断我的思路。每到这时，朗格伦先生就像树懒一样慢悠悠地晃晃胳膊，让灯重新亮起。结果，四十五分钟下来，我才列出了寥寥几个要点。

但我还是把这张纸紧紧地攥在手里，生怕在放学后的走廊混战中弄丢了。下课铃响完了，奈尔斯还在和戈登说话，我只好站在门口等他。

陪奈尔斯去乘校车的路上，我开始为这次会谈打起了腹稿。我应该直接把这些要点展示给索尔登教练看吗，还是先回家做个 PPT？

可要是她明天就让我们正式开始练习……

快走到校车跟前时，我的手心突然开始冒汗。“奈尔斯，我得现在就去找教练谈谈。你愿不愿意等等我？”

奈尔斯耸了耸肩。“没问题。我跟我妈说一声，我们走路回家。”他掏出了手机，“我还可以顺便去学习资源中心，问问兰伯特先生他对方块舞有什么看法，以及，如果我决定跳方块舞的话，需要做点什么准备。你谈完之后，去图书馆找我好了。”

我加快了步伐。

索尔登教练的办公室门上挂了一块小牌子，就在顶部的小窗下面，上面写着：“S 教练”。

我把耳朵贴在门上。教练正跟着阿巴乐队的《舞蹈女王》哼唱呢。我敲了敲门。

“进来。”

我推开门，把头探了进去。房间里堆满了体育器材，散发出淡淡的霉味，混合着积年的咖啡香气，挺好闻。

“你好，教练。”

教练调小了音量。“是卢佩啊。”她示意我坐下。

她身后的墙壁上画着我们学校仰卧起坐、引体向上和立定跳远的最佳纪录。空白处则贴满了华盛顿大学紫色、金色相间的三角旗，几乎拼成了一面墙纸。书桌上，一只哈士奇吉祥物的毛绒玩具正呆萌地盯着我。

我在她对面坐下，装得云淡风轻。

“有什么事吗？”她问道。

我托着下巴，像电影中的教授或者哲学家那样凝视着窗外的食堂。

“有话直说。”她说。

我把手放回膝盖上，面对着她：“您年初为什么不说体育课要学跳舞的事呢？”

“这是标准课程呀，你不知道吗？”她说。

我摊了摊手：“不知道。”

“是真的。从 1938 年起，我们伊瑟阔红鲑鱼中学就已经徜徉在了方块舞带来的欢乐中。”这位有些龅牙的教练摆动着双臂，像只正在跳方块舞的松鼠，“这可是联邦 24 个州的州舞呀！”

我的肚子开始胀气，好像塞了松鼠小姐一冬天的坚果储备。小半个国家的人都被洗脑了，我这仗还怎么打？

“可是……这是‘体育’课呀。”我说。

她双手交叉在胸前，好像在进行商务洽谈。“没错。我想，如果你稍做调研就会发现，方块舞正是我们国家的标准‘体育’课内容。”

局势不妙。不行，我得发动攻势。“您难道没发过什么‘体育教师誓言’，要历练我们真正的运动能力吗？”

教练的脸红了，希望这只是因为她足足蹦跶了一整天。“体育课，和所有的运动一样，都是为了培养你们的协调能力和学习新事物的意愿。相信我，这就是一种历练。” 她应该刚刚结束另一堂体育课，额头上还有小滴的汗珠。

我低头瞥了一眼手中的单子。“难道方块舞也算运动项目？它并没有出现在奥运会上，对吧？”

“还有人说乒乓球和帆船不该出现在奥运会上呢，但它们的确是奥运会项目。”她凑近了一些，“顺便说一句，棒球目前已经从奥运会项目名单上撤下来了哟。”

一股热流顺着我的后脖颈攀了上来。看来我得彻底绕开这个话题了。我清了清嗓子。“那您考虑过卫生方面的隐患吗？”

她大笑起来，吓了我一跳。“我真想不到，这话居然出自一个保持着喷鼻涕最远纪录的女孩之口呢。”

我绞着双手，那张纸在我手中被揉成了一团。“调查死亡统计数据”这一条已经皱巴巴了。

我的清单全完蛋了。不仅几个论点一一被击溃，而且教练压根儿没把我的话当回事。

我盯着她身后墙面上那一条条校运会纪录。上面依然能看到贝基·索尔登当年的引体向上成绩，以及瓜达卢佩·王的新纪录。

“可是，您必须得明白，这完全是不对的，教练。像我们这样的运动员——”

“够了，卢佩。”她坐直身子，嘴唇像捕熊夹子那样抿着，“有时候我们不得不去做一些并不那么舒服的事。实际上，这会塑造你的个性。”她突然压低了声音，轻如耳语，“我再告诉你一个小秘密。春季学期很特别。”她的声音又越来越有力量，“舞跳得最好的几位同学不仅能获得A，还会在伊瑟阔鲑鱼节庆典那天到全校师生面前表演呢。”她双手一拍，“很棒吧？”

我用力吞咽了几下，嘴里却没有唾液，完全想象不出还能有什么比在所有人面前跳舞更糟的事。

“努力练习，你就有机会获得这项殊荣，成为方块舞八人小组的成员之一哟！”教练鼓励道。

“殊荣？”我咳嗽了一声。

她站起身，打开门。

“可是，教练。要是——”

“别担心啦，卢佩，”她打断了我的话，“我对你有信心，你一定能成为一个了不起的方块舞高手！”

第三章

如果你对某件事充满激情

奈尔斯从书包里拿出一颗条纹石头。这是我们在二年级开学后的第一个星期捡到的。说到书包，从图书馆出来之后，他的书包看上去差不多重了二十磅。和往常一样，他把石头扔在我面前，由我负责踢第一脚。我把石头踢回给他，问道："两件事让你选：鼻孔里长蜘蛛宝宝和跳方块舞。你选哪个？"

奈尔斯打了个哆嗦："那我选跳方块舞。"

"真的？"

"不选蜘蛛宝宝？当然。"奈尔斯从来不会踢偏，石头刚好停到我前面五英尺远的地方，"两件事让你选：狗屎夹心奥利奥饼干和跳方块舞。你选哪个？"

这个选项逗得我大笑起来："让我选双层狗屎夹心

都行！”

在通往我家房子的车道上，我停了下来。

我们俩可以在这儿一直玩上几个小时。

“谢谢你今天陪我走路回家。”

“小事一桩。”他捡起石头，把它塞回背包最前面的拉链口袋，准备下次再用。

“晚饭后一块儿看《神秘博士》？”这是我们俩每星期一晚上的例行节目。剧间我们还会来点加餐：一边回顾剧情，一边偷吃他爸爸的胖猴冰激凌。

“呃，今天晚上不行。”他说。

“要去指导‘小龙人’？”我问。奈尔斯有一份兼职，在他家的武术道场指导三到五岁的小朋友。通常是星期六，但也许今天晚上有腰带晋级测试之类的事。

“不是。我今天有别的安排。不过我保证睡前会看，明天我们到学校就有的聊啦。”

听起来不太寻常。不过我想，第二天能一块儿聊聊总好过没有。“好吧。”

他把手高高举过头顶向我挥别。目送他的背影，我默默纳罕：全宇宙还有什么比星期一看《神秘博士》更重要的事呢？

当我往家门口走的时候，隔壁邻居迪莉娅正坐在地上修剪猫薄荷。她用猫薄荷吸引她“收养”的猫（理论上讲，这只叫弗莱彻的猫咪其实是街尾努涅斯家的）。“你好啊，卢佩。”迪莉娅问候道。她的额头上有一抹泥污，老花镜架在头顶上，拢住了比迷迭香花从还凌乱的头发。“今天在学校里怎么样？”

我停下脚步，笑了。怎么没想到迪莉娅呢？她不光是一位很棒的倾诉对象，还是我各种抗议活动最给力的支持者之一。而且，她是位儿童心理学家。三管齐下，绝对的重型武器。

“迪莉娅，你信不信，老师在课程内容上误导学生，会导致成年后的信任危机？”我问。

迪莉娅停下来，一手拿着浇花的水管，一手抱着“她的”猫，陷入了沉思。我曾经做过计算，如果从幼儿园开始，每天都和迪莉娅交流三十秒，那么到上大学的时候，我就享受了将近三千美元的免费心理咨询。“我想是吧。”迪莉娅开口道，“不过，这取决于——”

“谢谢，迪莉娅！”我道谢后就急忙朝家走，生怕她又变了想法。一边走着，我回头看了一眼，她朝我眨了眨眼睛，竖了下大拇指，低头继续打理植物。

打开前门，一股浓烈的气味奔涌而来。毫无疑问，又是一锅大乱炖。我的鼻子告诉我，妈妈炖了一锅有牛肉和孜然的东西。但愿是西班牙肉丸汤。

我走进厨房，打开克罗克慢炖锅的玻璃盖子。不是西班牙肉丸汤。可以肯定，那些绿泥巴应该是西葫芦一类的东西——刚好不适合慢炖七个小时。

家里没有人，我经过走廊时停下来看着墙上爸爸的照片。他站在工作的渔船上，举着一只珍宝蟹。只有在一个人的时候，我才会好好地看一看他。我爸爸在几年前去世了——很久以前，久到我已经觉得不应该再这么想念他了。但没有人的时候，我还是会忍不住。

我凝视着他的笑脸。他的眼角绽开了一道道细纹，我不记得现实生活中他有这些。我把脸贴在他的脸上。玻璃是凉的。这么做有点瘆人，因为拍下这张照片的第二天，他就死在了这艘船上。但我还是想这样贴着。

如果能再来一次我们那特别的秘密握手，让我干什么都行。他会假装要和我击掌，然后故意晃过我的手，一把把我拉进怀里，来个狠狠的熊抱。

脸颊上的玻璃没有他的胸膛温暖。

照片也没有他身上咖啡和雨水混合的气味。

爸爸还有一张笑容更灿烂的照片，就在捕蟹照片的上面，那是他打棒球的时候照的。他那时已经够资格进入职业棒球小联盟了，但还是放弃了，因为他和妈妈有了我和保罗。不过，不在捕蟹船上工作的时候，他仍然为艾弗列特绿袜棒球队打球。我经常好奇，在他内心深处，是否有那么一点点希望重启职业生涯。

即使踮起脚尖，我的脸也贴不到那张照片。快两年了，爸爸的事，我已经有些淡忘了。但我依然清楚地记得，当我成为第一个入选伊瑟阔精英少年棒球联队的女孩时，他对我说："如果你对某件事充满激情，那就永远不要放弃。"

也许他指的并不是我的这些抗议行动，但我会为我想要的东西而努力，不达目的，誓不罢休。

除了爸爸的照片，我家走廊的墙壁上还挂了一排墨西哥骷髅画和中国田园艺术小画。我的爷爷奶奶都是华人，这些小画就是奶奶送给我妈妈的，但我们谁都看不懂画上的中国书法。妈妈可不想在她自己家里输给奶奶。她有一张镶了框的玛雅日历，不过世界末日并没有像日历预言的那样到来，她就把日历挪进了卫生间，弄得那儿看上去就像一家阿兹特克文明主题餐厅的卫生间。

我回到自己的房间，把书包挂好。挂钩旁边还挂着傅立那张镶了框的棒球新秀卡。他们俩长得有点像，不过爸爸的皮肤比他的黑。我闭上眼睛，想象自己投球给傅立，他走上前和我击掌。

我必须摆脱那愚蠢的方块舞，在体育课上得 A。只有这样，这个梦想才能成真。

我戴上绣着"M"字母的棒球帽，抓起棒球手套。

在后院的投球练习网上，我专门挖出了一个好球区，在那后面挂上一个网袋，能装下大约三十个棒球。我会连续训练三轮，要求自己每轮投进二十七个好球。投到八十一个（或者妈妈大声吆喝让我回屋），我就停下。我知道这不是真正的比赛，不过，如果我每个星期练习三次，等我进入大联盟的时候，就已经差不多练了十万次投球，约等于投出过一千场完美的比赛。

汗水顺着我的脖子往下流。当我投出第七十六个好球时，保罗走了出来。他坐在屋后的门廊上，牛仔裤的裤脚高高吊着。去年夏天他猛蹿个子，刚进高中一年，衣服就都小了一号。“13！ 42！ 23！”

“77。”我没有理睬他，默默地计数，擦了擦额头，投完最后四个好球。

前院传来妈妈那辆老破车的轰鸣声。

我立刻往回冲，保罗的胳膊像扫帚棍一样朝我挥了过来，我大笑着一跃而过。“哈！”我刚要回头得意一下，却被门槛绊住，差点儿跌倒。

我跑进厨房，拧开水龙头往脸上泼凉水，妈妈走了进来，把钱包放在了橱柜上。她的衬衫上有一块硬硬的紫色斑点，像是她昨晚自制的彩泥教具。一只耳环搭钩摇摇晃晃，几乎要从耳垂上掉下来。

“嗨，小家伙。”妈妈匆匆抱了抱我。

我伸出手，帮她把耳环勾好。“嗨。”

她走到慢炖锅前，揭开盖子，皱了皱眉。“好吧，反正闻起来挺香。”她又像揭锅盖一样揭开我的帽子，用力嗅了嗅我的脑袋，“这个味道就不敢苟同了。快去洗洗，十分钟内回来。”保罗和我争着朝阿兹特克主题卫生间跑去，他赢了。匆匆擦洗过之后，我们俩回到餐桌边，妈妈开始上菜。

我们蜷腿坐在厨房角落的椅子上。爸爸的椅子靠着墙拉开，面对着餐桌，好像他随时都会回来似的。如果这把椅子挪走，桌子直接靠墙，就会多出一块宝贵的空间。但从没人提过这件事，所以我猜，我们都宁愿爸爸的椅子一直在那里，宁愿厨房挤一点。

妈妈低下头准备餐前祈祷。“保罗？”

保罗的声音就像读一封电子邮件。“感谢上帝，感谢您让我们拥有这一切。请保佑这奇妙的食物有益健康。请帮助卢佩保持个人卫生，这样您也愿意她待在您的身边。诸如此类。阿门。”

妈妈叹了口气，用叉子叉了一块橄榄色的、好像牛肉干一样的东西。“好吧，今天过得怎么样？”

“啊，”我抢在保罗开口前说道，“你肯定想不到，今天的体育课闹出了什么事。”

“我知道了，贝基·索尔登已经给我打过电话了。”她说。

“什么?！”这就是你有一个当老师的妈妈所要面对的不幸。更糟糕的是，妈妈在小学教学前班，所以我们这一带几乎所有老师的孩子都在她班上待过——所有的老师都认识我妈妈。我真是半点隐瞒的机会都没有。我在班上说过什么，妈妈知道得一清二楚；我只读了《绿山墙的安妮》的前半部分，然后上网乱查一气，搜到了《少女安妮》的结尾当读书报告交上去，妈妈也知道得一清二楚。

“索尔登教练只是希望你一切顺利。我忽视了培养你舞蹈方面的才能。不过，舞跳得好是一回事，”她坐在椅子上扭了个玛卡莲娜舞姿，“做个好舞伴可是另一回事。”她说着，目光看向保罗。

保罗差点儿被那团蔬菜肉泥酱噎住。“不，妈妈。求你了，别！”

妈妈站起来，向保罗伸出了手。他的表情就好像妈妈正拿着冰锥对着他的眼球。

妈妈的指令毫不留情：“现在，请起立。”

保罗瘫软了一秒钟，悻悻地站起来拉住了她的手。

她开始哼唱：“若不是为了棉眼乔……”

恐怖画面再次上演，吓得我彻底瘫倒。妈妈热情似火，在厨房里欢蹦乱跳，动作和体育课视频里的一模一样。她是兴奋大跳版，哥哥则是僵尸迟钝版，每转几圈，他就恨恨地瞪我一眼。跳舞这种事由我主动提出来，简直让妈妈爽翻了天。终于，在差点儿撞倒一把椅子之后，妈妈停下来，微微鞠了一躬。

“谢谢你，亲爱的舞伴。”妈妈说。

保罗急忙坐下来，往嘴里塞满食物，生怕她要再跳一遍。

“妈妈，我真的、真的、真的不想跳舞。体育课学跳舞，这是谁的主意？”我说。

“我不知道，卢佩。我像你这么大的时候也得学方块舞。这个项目一直都有。”妈妈抚摸我的脑袋，“有些事，值得为之战斗，比如着装要求，比如课堂上的种族泡泡贴。”她轻快地拧了一下我的脸颊，“那些抗议都是好的，亲爱的。不过，逃避几个星期的跳舞课可不算。”她拿起我的盘子盛了一些炖肉，“去学学怎么跳舞吧。”她把头歪向一边，学着机器人的样子僵硬地摆动四肢，“看到了吗？跳舞能活动全身。”

她根本不可能理解。跳舞是她的超级爱好，却会让我感到难堪无比。虽然她知道我和赫克托舅舅的约定，也知道我有多需要拿到 A，但她似乎并不会在不跳舞这件事上支持我。所以，吃完饭后，趁着妈妈忙着跳她称之为奔跑舞的舞步，我赶紧溜出了厨房。

我需要安迪。

我匆匆洗了个澡（倒不是因为保罗那愚蠢的诗词），收拾干净，还刮掉了右边腋下新长出来的两根毛。

我们家只有一台电脑，任何人在电脑上干过什么，全家都能知道。我点开安迪的号码，电脑啾啾地开始呼叫，紧接着屏幕上弹出了安迪的面孔。她的额头上有一大坨白色的牙膏，但青春痘还是从中探出头来，好像奶油上的樱桃。

“我能去你家一趟吗？”我问。

“你不看《神秘博士》了？”

我耸了耸肩：“奈尔斯今晚看不了，说有事。”

安迪也耸了耸肩：“真诡异。”

看来不是只有我觉得诡异。“不谈这个了，我能过去吗？”

安迪笑了：“我打赌我知道是什么事。”安迪的妈妈喜欢偷听，所以她凑近了屏幕轻声说：“我妈本来和平常一样……”布袋手偶又来了，“亲爱的，今天过得怎么样？都学了什么呀？午饭都吃完了吗？”她把手放下，“结果，我跟她讲了方块舞的事……”

“让我猜猜，”我说，“然后她就跳起舞来。”

安迪惊讶地瞪大了眼睛：“一点儿没错，如果你能把她的动作叫作跳舞的话。她呀，居然开始左右踢腿。”

我的脑海中浮现出一幕景象：安迪的妈妈在他们那完

美的、如博物馆一般的豪宅里，穿着高跟鞋，在光滑的大理石地板上，好像冰上的火烈鸟一般扑腾着翅膀。

“还有啊，卢佩……”安迪用力闭紧了眼睛，好像眼球都要被大脑吸进去了似的。

“什么？”我问。

“我妈妈居然高喊了一声：‘搂紧你的舞伴！’然后张开胳膊把我紧紧地搂在了怀里。”

我惊得用手捂住了嘴。

“很显然，”安迪说，“这的确是官方规定的课程内容。全州都一样。他们都学过。”

“是啊，我妈妈也是这么说的。为什么不在课程说明上贴个警告标签之类的呢？他们难道不明白，这有多恐怖吗？”我抗议道。

“你说，他们会不会被那个吆喝舞蹈动作的家伙用潜意识流洗了脑呀？”安迪皱了皱眉，那一小坨牙膏掉了下来。

“有这种可能。”我说，“必须得想个办法，阻止这一切。”

“你跟索尔登教练谈了吗？”

我做了个大拇指朝下的手势：“没用。我能去你家借你的笔记本电脑用用吗？”

“行啊。我们可以和我妈说，你正在给制片人写信，反映《神秘博士》两季之间间隔太长的问题。”

我正想反对，又改了主意，拿起一张便利贴和一支笔，在安迪看不到的地方草草写下一行备忘：给 BBC 写抗议信。

“那你要用笔记本电脑做什么呢？”她问道。

我用眼神示意厨房的方向。“我想做点研究，不想让家里人知道。”浸泡玉米皮的气味从厨房飘进了我的房间。

外婆高亢的西班牙语从妈妈的免提电话扬声器中传来：“玉米粉蒸肉里要放葡萄干！明不明白！”

安迪吓了一跳：“你外婆这么生气？”

“她没生气，她只是特别坚持自己的意见。我妈妈不肯在玉米粉蒸肉里放葡萄干。”这一点我倒和妈妈看法一致。但我并不准备把剔除怪味食物作为我的抗议活动主题。

“妈呀，想想这个画面吧……”安迪说，“原来从你外婆开始就特别有主见。”

“好笑是不是？”我说。她还不知道我奶奶对蒸虾饺里放香菜有多强的执念。有主见这件事，从基因遗传的角度看，我根本躲不过去呀。

妈妈挂了电话，几秒钟后，梅西·埃丽奥特的歌声响了起来，手机扬声器里传来这位嘻哈教母表达强烈主见的声音。

安迪耸了耸肩。“你妈妈还是没有我妈妈那么让人难堪。她至少没逼你听高亢嘹亮的恩雅。”

安迪并不知道，此时，就在电脑显示器后面，我妈妈正宫缩一般地来回扭动着、跳跃着。

第四章

你为什么不能妥协?

华盛顿太太站在门口迎接我，像往常一样穿着她的一步裙和花式衬衫。“噢啦，瓜达卢佩！”她先用西班牙语高声喊，接着又用蹩脚的中文更大声地问候，“你好！”

我抿嘴笑了笑。不知道华盛顿太太为什么觉得高声喊叫很有必要，不过，和她以前先用西班牙语大喊“生日快乐”，然后再用中文高呼“我——爱——你”相比，这已经算是一大进步。在我看来，这大概是在我的种族标签泡泡贴抗议活动失败之后，她试图理解我的文化背景的方式吧。

“您好，华盛顿太太。”我也用中文问候道。

走进屋子，一股空气清新剂的香草味扑面而来。我踢掉人字拖，光脚踩在冰冷的大理石地面上。凉意顺着脚心沁入双腿，我忍不住打了个哆嗦。

看来，安迪的妈妈又……更换了沙发靠枕。壁炉上方的装饰牌也换了，现在牌子上写着“笑口常开，真心去爱，生活常在”。我们家的壁炉架上只有积了几十年的烟渍和去年亡灵节留下的干枯的橙色万寿菊花瓣。毫无疑问，安迪妈妈一个人就能让佳佳家居店生意兴隆。

“安迪露西亚说，你们俩今晚要一起做研究。”安迪的妈妈说。

“嗯，是的。是要做点儿研究。”我答。

“我猜猜，是不是关于……那件事？”她笑了笑，向后轻跳了几步，动作似是而非，实在看不出和方块舞有什么关系。

我赶忙移开视线，生怕她冲上来搂住我。“嗯。”

她把衬衫往裙腰里掖了掖。“我知道，这不是你的菜，瓜达卢佩，”她说着，飞快地拥抱了我一下，“不过，也许有一天，当你回首往事时，或许会觉得你其实相当享受呢。”她做了个舞步之后，有些吃不住地伸手撑住后腰，“哎哟……好好享受青春吧。”

我哼了一声：“无意冒犯，但我可没时间享受青春。”

华盛顿太太抿了抿嘴唇，还是忍不住笑了：“好吧，我相信你和安迪会研究出好办法的。”

“谢谢您的信任。”我耸了耸肩。

她从咖啡桌上拿起一碗配了鹰嘴豆泥的胡萝卜和芹菜条。“把这个一块儿端上楼去，好吗？”

“喔。”我闷闷地答。

“别忘了认真咀嚼。”她微笑着拍了拍我的肩膀，“没必要按照专家推荐每口嚼三十二下，我发现啊，咀嚼十二下就很完美啦。”

我想我应该感到高兴，毕竟华盛顿太太很关心我，希望我既快乐又能好好地消化食物。

“安迪露西亚！”华盛顿太太高声叫道。我知道，在房子的某个地方，安迪听到这个全名，正郁闷地翻着白眼。

她的声音从楼上飘了下来：“我在卧室。”

我跑上楼，暗暗希望有一天也能住进一栋要爬楼梯才能回房间的大房子。

安迪的爸爸正站在她的门口。“嗨，孩子。”他招呼道，轻轻拍了拍我的帽檐，转身准备离开。他穿着那种莱卡弹力慢跑服，估计是要去“挥洒汗水”了。“你们俩要乖乖的哟。”他假装严肃地看了安迪一眼，又朝我们笑了笑，消失在楼梯转角。

我跳到了安迪的床上，她新换的奶油色被子就像羊驼娶了长绒毯生下的宝宝。我的床上至今还铺着我一年级时坚持要买的芭比公主美人鱼被子。我现在已经把它反过来盖了，让海洋泡泡的一面朝外。不过安迪知道那里面有多“光彩夺目”。

安迪衣帽间的门开着。她的衣帽间差不多有我整个房间那么大。半边挂着她的牛仔裤和T恤衫，没有褪色，没有褶皱。所有的鞋子都整整齐齐地摆放在一个个方盒子里。还有一个珠宝收纳架，上面挂着闪亮的项链，从没见安迪戴过。

真正神奇的是衣帽间的另外一半。那是一张长条桌子，一只大鞋盒占住了半边，里面盛着尚未解剖的猫头鹰呕吐毛球。有一部分毛球已经被安迪小心解剖完毕，剥离出的细小的老鼠骨头整齐地陈列在桌子上，旁边还放着一把精致的美工刀。

桌上的另外一半是一座老鼠城市模型。模型旁立着一块标牌，上面用勾金边的红色花体字写着：“欢迎来到啮约镇！”听起来像个地道的英国乡村。我们为这座老鼠城市想了好几个名字，比如呕吐球茨堡、胖基法尼亚之类的，最后觉得还是啮约镇听起来更优雅。城市里甚至还有一间啮齿俏佳人酒吧，两具老鼠骨架坐在吧台边，端着小啤酒杯。

在我看来，除了能写出奏鸣曲和协奏曲的十二岁英国女孩、能在家里实现核聚变的孟菲斯男孩，或者打造出世界上最小的可操纵卫星的印度男孩之外，老鼠城市模型是我们这个年纪的孩子能做出的最酷炫的东西。安迪有时候会让我帮她选名字，或者帮她做点小零件，这让我成就感爆棚。但我努力表现得满不在乎，以免深陷老鼠洞难以自拔。我敢肯定，当安迪要求去工艺店的娃娃屋专区时，华盛顿太太做梦也没想到她会干这事。不过，她最终允许安迪把它安置在紧闭的衣帽间里，“只要其他部分能井井有条就行”。

在这座微缩城市里，有片被点着小灯笼的鹅卵石街道环绕的田鼠墓地。墓地上排列着小墓碑，墓碑的主人一律都姓啮。我最喜欢的一只叫啮帕科。安迪把它从猫头鹰的呕吐毛球里解剖出来时，发现它居然少了一条腿。于是，安迪为它粘了一条假腿。我常常想象，在老鼠天堂的某个地方，啮帕科正穿戴着牙签做的假肢蹒跚而行。

安迪从啮齿俏佳人上方的搁架上拿下她的笔记本电脑，关上了衣帽间的门。我们并排坐在她的床上，又在笔记本电脑下方垫了个枕头。安迪把它朝我稍微倾斜了一点，好让我开始做研究。

“我能问你一个问题吗？”她问。

“当然。”

“为什么这件事对你这么重要呢？我是说，为什么你不能妥协一下呢？”

我很爱安迪，她通常对这类事情很敏感。但她无法体会那种滋味，再也见不到爸爸的滋味；她也永远不能理解那种感受，听到爸爸留给我的最后一句话的感受。他说，永远不要放弃信念。

“不，”我回答，“我没法妥协。”

“希望我妈妈能明白，我也有自己的想法。”安迪一边说话一边抠拇指指甲，这说明她心里很紧张，“现在倒好，除了这个班那个班，我妈又想让我进社团踢足球了。”

我大吃一惊：“足球社！”我们都知道，学校足球社的女生只和自己人一起玩，从来不理睬外人。“那怎么行！”

“不踢足球就得去跳芭蕾！她认为，要想成为德智体美全面发展的模范，这就是最完美的行动步骤。”安迪叹了口气，“显然，不管怎么样，我都得参加某类团体活动。”

我觉得还是应该安慰安慰她。“选芭蕾还是足球？”我说，“也就是说，萨曼莎还是乔丁？”

乔丁差不多就是足球社里的萨曼莎：她永远是领头的，其他人永远是跟班。

“还用选吗？”安迪问。

她说得对。至少乔丁不会每天羞辱她。

“你不知道自己有多幸运，”她说，“不管你做什么，你妈妈都很开心。”安迪又抠起她的拇指指甲，“我只是想让爸爸妈妈为我感到骄傲而已。”

我试着想象我妈妈让保罗或我做某些我们讨厌的事。“安迪，你会成为一名优秀的足球运动员的。”

安迪不再抠指甲了。她抬起头看着我，笑了：“谢谢。”

我们再次坐好，在视频网站上搜索《棉眼乔》。跳出的结果比我想象的要多得多。这首歌现在作为一种拍拍舞的背景舞曲而再次火爆，我可不能让我妈知道这件事。

我们跳过了教学视频，找出一堆介绍方块舞历史的。我向下翻页：《奥扎克·拉格》《弗吉尼亚·里尔》《棉眼乔》。

找到了！《棉眼乔》这首曲子的介绍视频比其他的要长五分钟，里面一定能找出一些有价值的猛料。我点击了播放按钮。

一个穿着连体工装服、头戴草帽的男人朝我们咧嘴笑着。“欢迎回到比利·鲍勃的美国南部方块舞之国。”他嘴角的小麦秆随着他说话一上一下，好像跷跷板。我理解方块舞大概属于一项美国传统，不过，虽然我也算是美国人，但这家伙看上去跟我一点儿关系都没有。“今晚我们来聊聊曾经最受欢迎的歌曲：《棉眼乔》。《棉眼乔》出现在美国内战之前，最早唱这首歌的是南方种植园里的奴隶。人们认为，这首歌唱的是一位被女士们青睐的男士。”

我瞥了安迪一眼，她耸了耸肩。

“美国历史真够混乱的。”我说。

她点点头，但什么也没说。我知道，有时候，什么也不说表达的意思反而更多。

视频里的男人狡黠地眨了眨眼，继续说：“可是，为什么这位男士的眼睛像棉花一样白呢？”这位农夫打扮的家伙眉毛飞得老高，几乎飞进了帽檐里，“青光眼，或者白内障？”他把双臂高举过头顶表示怀疑，“要是你仔细听听歌词，就会发现，我们这位可怜的棉眼乔眼睛变白，应该是感染了衣原体或梅毒——”

我点下了暂停按钮。“你知道这两个词是什么意思吗？”

“不知道，”安迪说，“希腊女神的名字？”

我打开另一个窗口，在搜索框中尝试输入“衣——原——体——”

下方立刻弹出一串搜索建议，第一条就是“衣原体病”。我的手心有点冒汗。这个词看上去似乎不是我们这个年纪的孩子该了解的内容，更像是个严肃的成年话题。

安迪的妈妈虽然很严格，但她坚信儿童应该“全面发展”，并不相信儿童敏感词过滤器之类的软件。我深吸了一口气，光标在“衣原体病”这几个字上悬停了一会儿，终于按下了回车键。不出几秒钟，我就对这个叫作乔的家伙有了更多了解。

“衣原体病：由沙眼衣原体引起的，通常通过性行为而广泛传播的无症状疾病。”

我又输入“梅——D”，输入框的建议立刻跳出了“梅毒”两个字，我按下了回车键。

“梅毒：一种由苍白（梅毒）螺旋体细菌引起的性传播疾病。”

安迪倒吸一口凉气。

我回到视频，点击播放。

“一点儿不错，咱们的棉眼乔干的事可不只是种地，伙计们——”

我再次按下暂停键。

安迪和我同时转身看向对方，眼睛瞪得大大的，嘴巴张得大大的。我一头栽到床下，咯咯大笑，像只犰狳一样滚作一团。“哎呀！老天！这简直太好了。”

但安迪却没有动，而是目光呆滞地看着前方，就好像刚刚撞见父母在亲热一样。“我还是没有明白这是什么意思。”

我们俩不可能是唯一发现这件事的人。“这说明，我们赢了，安迪。我们要到下个学期末才会上性教育课。”我坐回床上，“现在，我们可以叫停方块舞了。”

我关掉视频，打开 PowerPoint，添加第一页幻灯片，输入了标题：

“方块舞与性和青少年堕落有直接关系！”

第五章

幕后推手正是我

我们又搜出了一大堆关于《棉眼乔》的文章，其中一篇点击量排名靠前的文章说，棉眼乔的眼睛浑浊也可能是因为酒精中毒。安迪出了一个主意，让页面上所有的单词不是在旋转就是在扭动，暗示某种颠三倒四、辨不清方向的感觉。

“你认为这样行吗？”安迪说。

“如果生病这件事不管用的话，我们还可以拿酒精中毒大做文章。大人们并不想让我们看到那种东西。”

“可是，不管怎么说，我们下个学期也要学习生理卫生和管控商品这些事呀。”

“问题就在这里。大人们不得不教育我们这些事。但他们实际上并不希望我们……”我狡黠地眨了眨眼，“心里总想着这些玩意儿，你懂我的意思不？”

安迪皱着眉，张着嘴，呆呆地看着我。我觉得她并没有听懂。

“也许我们可以说，方块舞是一个过时的传统，与近现代美国人的生活没有关系。这个观点怎么样？”她说，“我是说，它和我们有什么关系呢？方块舞凭什么比日本歌舞伎、印度宝莱坞或者霹雳舞更重要呢？”

她说得很对。实际上，跳方块舞这件事从头到尾就是个错误。不过，只要能让它立刻停止，其他都不重要。而要实现这一点，最好的方法就是直接把教练和校长惊得目瞪口呆。“我同意。但最好不要用其他话题分散她们的注意力。”

安迪叹了口气，倒在枕头上，也不知道是累了还是烦了。好在我快要完成了，不用再麻烦她了。

我添上最后一页幻灯片，用大写字母输入了我的最后陈述。

“搞定。”我按下了保存键。

接着，我打开学校网站，登录学生门户，找到了辛格校长的邮箱地址，点击链接，开始写邮件，并且在抄送栏里填入了索尔登教练的邮箱。我忍不住窃笑。“这下教练可要傻喽，‘你一定能成为一个了不起的方块舞高手’，没辙了吧？”我低声重复着教练的话。

晚上好，辛格校长。

我申请在明天午餐时间召开一个紧急会议。我知道索尔登教练也会愿意参加的。我这里有一些很有趣、很有料的信息想和二位分享。

关系到我们学校的声誉。

我正要按下发送键，安迪打断了我。“你不打算在邮件里附上 PPT 吗？”

“不打算。我很想当场看到她们的表情。”

安迪的声调变了，她肯定受够我了。“没有我的电脑，你打算怎么给她们看？”

我胃里一紧。我习惯了自己搞定这些抗议，差点儿忘了这是她的电脑。不过，我也挺愿意安迪陪着我一起，在我讲解 PPT 的时候配合着倒吸凉气、捂住眼睛来加强效果。“你难道不和我一起去？”

“你知道的，我星期二中午有爵士乐队的训练啊。”她答。

我紧扣双手，低垂着脸，摆出哀怨的眼神。

她举起双手投降：“好吧好吧，那就先待定吧。”

我拍了拍她的肩膀：“多谢啦，算我欠你的。”

我继续打字。

很高兴午餐时间能在您的办公室与您见面。

然后，我签下了名字。

安迪和卢佩

安迪用胳膊肘撑起身子。“等等。你为什么把我的名字也写上了？我不是说了吗，我去不了呀。”

“如果她们觉得我不是一个人在行动，就更有可能听我说话了呀。”我解释道，“求你啦。”

“好吧好吧。”她再次倒在枕头上，这一次，她的手攥成了拳头。

我生怕她改变主意，急忙按下了发送键。

* * *

第二天午餐时间，辛格校长打开了办公室的门。她端着一杯咖啡，穿着一身妈妈称之为“严肃套装”的衣服。咖啡热气十分不祥地在她周遭盘旋，使她看上去更加严厉。索尔登教练也在，她坐在桌子另一边，端着自己的咖啡。

“中午好，卢佩。”索尔登教练探过身子，试图看看我身后是不是有人等在门外，“安迪在哪儿？”

“呃，出了点儿岔子。”

“是吗？想必如此。”索尔登教练放下杯子，双臂交叉抱在胸前。“我迫不及待地想知道，到底是什么事如此重要，值得让辛格校长和我缺席午休时间为教职工开设的尊巴健身课。”

我假装没注意桌子上揉成一团的塔科时代快餐店包装纸，尽量不去想象她们俩或者任何一位老师，大汗淋漓地配着混音版《冰冰宝贝》大跳恰恰舞。

“我保证不占用太多时间，但听一下很有必要。”我从书包里拿出安迪的笔记本电脑。

辛格校长在自己的办公桌后坐下。是不是要请她坐在教练身旁一起看呢？算了，别得寸进尺。我在办公桌另一头打开了笔记本电脑。屏幕亮了，PPT 进入待播放状态。

“我没记错的话，你在电子邮件里说是有事要和我们谈谈。”辛格校长指了指电脑，“如果看视频的话，你可以直接发给我呀。”

我保持昂首挺胸。“我必须得当面展示，您和教练应该一起看看，这样才会……支持我。”

她们俩交换了一个眼神，同时快速地喝了一口咖啡。

假如演讲课只教会了我一件事，那就是如何鼓动观众，获得情绪化的反馈。视觉强化工具的效果是最好的。

如果能让人对方块舞产生呕吐反射，那这个项目绝对会被禁掉。

我按下了空格键。一颗白眼珠弹了出来，这是我找的素材。不过，这并不是普通的“棉眼”，这只眼睛的睫毛上结着痂，一团绿色的黏液从一侧眼角滴落，另一侧眼角则爬出了一条蛆虫。

稍稍遗憾的是，我其实是从一张网络图片上截取到这只眼睛的。原始素材上，那个家伙只长了半张脸。所以可以肯定，那不是一张真实的照片。不过还好，这个经过裁剪、长满蛆虫的版本已经达到了理想效果。

辛格校长把咖啡吐回了杯子，整个身体向前倾。“哦，天哪！”她狼狈地咕哝了一声。

很好，呕吐成就达成！

“没错，”我说，“这就是方块舞。”

“等等。”索尔登教练探过身子看着电脑，眯起了眼睛，“这不是从《僵尸启示录 2》里截取的片段吗？”

我以最快的速度伸出手，按下空格键，继续播放。

第二张幻灯片弹了出来。这一次屏幕上出现了一张培养皿的图片，里面充满了毛茸茸的、绿色果冻状的物体。

辛格校长擦掉桌上喷溅的咖啡。“我猜这些东西是想说明点什么吧。你申请开这个会，难道就是要恶心我们？”

“当然不是。”我又按下空格键。灰绿色的绒毛下方弹出了“沙眼衣原体”几个字。再按下空格键：棉眼乔为什么叫“棉眼”。“说真的，我当时和您现在一样感到惊讶。我只是偶然看到了一部非常有趣的纪录片。”

索尔登教练深吸一口气，闭上了眼睛。辛格校长则捂住了嘴。

我微微倾身，继续营造效果：“原来，棉眼乔的‘棉眼’可能说明，他其实得了一种病，至于为什么得这个病，我想您心里明白。”

她们俩都盯着我，脸上的表情高深莫测。办公室里的沉默越来越令人尴尬，我只好再次按下空格键。视频里的那位农夫操着南方口音说：“一点儿不错，咱们的棉眼乔干的事可不只是种地，伙计们。”

我睁大眼睛摇了摇头，摆出一副很失望的样子。

讲到这里，我应该暂停一下，加强效果。她们也应该为多年来让孩子们遭受的折磨和腐化而深表歉意。然而，她们俩只是一言不发地坐着，面孔紧绷。

我只好继续。

空格键再次按下，下一张幻灯片出现了。一个人瘫倒在牢房里，手拿一瓶威士忌。我用图像软件把他的一只眼睛处理成了白色，并在牢房上方加了一行字：“乔，因腐化青少年被判终身监禁”。

我试图表现得很恶心，倒抽一口凉气什么的，结果那声音听上去却像打嗝。我真希望安迪能在这儿，配合地尖叫一声。

辛格校长一动不动，索尔登教练此刻正慢慢地喝着咖啡。

我必须一条路走到底。我再次按下按键。屏幕上出现了我的最终陈述：“如果伊瑟阔中学继续把《棉眼乔》纳入课程……整个七年级的学生都会进少管所！”

“所以，辛格校长、索尔登教练，”为了强调，我眯起眼睛，按照演讲课教的那样，特地停下来和她们一一进行眼神交流，并刻意哑着嗓子，模仿《日界线悬案》节目里那个头发花白的家伙说话的样子，“我们每唱一句‘你从哪儿来啊，棉眼乔’，就会被提醒一遍性、毒品……方块舞，”我伸出手，抓住笔记本屏幕的上沿，“还有少管所。”演讲结束，我合上了电脑。

索尔登教练翻了个白眼（一定是大受震动），辛格校长在座位上转过身来，低着头（一定是羞愧又恐惧）。

“卢佩，真是一场精彩的演讲。”辛格校长双手交叠，“我不确定刚才这番演讲中的因果逻辑是怎么提炼出来的，但我感谢你的关心和努力。我会认真思考我刚才听到的内容，并做出最有利于学生的决定。”

铃响了，索尔登教练拿起她的咖啡杯和记事板。她朝我摆了摆手，做了个快去上课的手势，我把它看作一种认可。我甚至在她脸上看到了一丝微笑。

我走出校长办公室，立刻把耳朵贴在紧闭的门上。

“哇哦，”是辛格校长的声音，“你敢信吗？”声音很小，但很清楚。我的心怦怦直跳，整个人也恨不得跟着一起跳，但又怕会被她们听到。

她的话只能说明一件事，我的演讲成功了。我正想朝空中挥舞胜利的拳头，学校的清洁工赫尔姆斯先生推着扫帚出现在拐角处。他摇了摇头，继续往前推。

我没留意自己走去了哪里。“现在没课，卢佩。”当我一头闯进科学课教室时，朗格伦老师站在讲桌边提醒道。

我赶忙转过身，调头朝体育馆的方向走去。我终于赢了。我会被人称为终结方块舞的孩子，名垂青史。再也不会有人取笑我和我的抗议行动了。不过，最最重要的是，体育课的内容会恢复正常。我会直接拿到A，然后去见傅立·埃尔南德斯。爸爸要是能看到这一切，一定会夸赞我的。

我不需要告诉大家我为他们做了什么，反正所有人都会知道是我干的。

我走进更衣室，把笔记本电脑还给安迪。

“谢谢，”我轻声说，“我欠你一次。”

“进展如何？”

我只是笑了笑。

她一把抓住了我的手：“你搞定了？”声音也不由地大了。

我们俩迅速分开。得保持冷静。我们事先说好了，如果成功，也暂时先不声张，以防有人坏我们的事。

“看起来是的。”我不动声色地说着，低头准备上课用的东西，“现在我们可以像正常学生一样继续打篮球、打排球了。”

萨曼莎和克莱尔正把头发扎成丸子状的圆髻，然后用铅笔固定。“跳方块舞这种事，实在太傻了，”萨曼莎说——这一点我倒是和她意见一致，“我是说，我学的可是专业舞蹈。”她踮起了脚尖。即使穿着运动服，她看起来也像只天鹅。“跳这种舞简直是在浪费时间。”

“我爸爸说这是美式生活的一部分，”另一个丸子头女生说，“要想摆脱它，除非发生奇迹，或者某个天才想出什么天才法子。”

我的大脑还没来得及思考，话已经脱口而出，刚好让萨曼莎能听得清清楚楚：“我的演讲把辛格校长吓坏了，现在就算整个学区禁止跳方块舞，我也不会感到惊讶。”

“卢佩！”安迪摇了摇头以示警告，“别……”

萨曼莎歪起一边嘴角，样子有点像圣诞怪杰格林奇：

“听见了吗，克莱尔？卢佩刚才说，她让学校取缔了方块舞。”

她们全都笑了起来。

“随你们的便吧，”我说，“反正你们以后会感谢我的。”

安迪拽着我走出更衣室，来到体育馆。“你为什么这么做？”

我有点泄气。“我也不知道，就是忍不住。”

奈尔斯也已经出了更衣室，穿过球场朝我们跑来。索尔登教练吹响了哨子。不到三十秒，其他男生女生都从更衣室里蜂拥而出。

“对不起，我来晚了。因为我刚参加了一个重要的会议，”她边说边朝我点了点头，“我要宣布一件特别的事。”

安迪推了推我的胳膊。我也轻轻推了她一下。来了。

教练重重地拍了三下手。“有人……”她看了我一眼，“提醒辛格校长，我们课上使用的方块舞舞曲可能不合适。”

萨曼莎张大了嘴巴：“不是吧……”

索尔登教练继续说：“因此，以后所有的体育课都不会再跳《棉眼乔》。”

刹那间，全场一片寂静。

戈登·施奈利第一个反应过来：“可我才和奶奶一起

练过啊。”他热切期盼着跳方块舞，一直咧着那张豁了牙的嘴傻笑。听到这个消息，他的笑容垮了下来。

“是你干的？”奈尔斯低声问。

体育馆里响起掌声，而且越来越响。两个男生开心地击掌，手舞足蹈地庆祝。一个我从来没听到过她说话的女生发出一声怪异的喘息，好像喉咙里卡了一个气泡。除了戈登，每个人脸上都挂着灿烂的笑容。就连萨曼莎和克莱尔都大为惊讶地看向我。

是时候了。我向布雷克发出一个棒球比赛中牺牲打*的信号，他颇为赞同地咧嘴一笑。我就要成为传奇人物了！

与掌声一同响起的，还有嗡嗡的低语声。这大概是有史以来速度最快的传话游戏，几秒钟内，所有同学全都知道了，这件事的幕后推手正是我。

奈尔斯拍了拍我的肩膀。

我收腹挺胸，站得更直了。

索尔登教练的哨子尖锐而短促地响了四下，体育馆里再次安静下来。她直接看向我，那抹微笑再次浮现。她朝我眨了眨眼，按下了 CD 播放机的播放键。扬声器里传来的音乐再熟悉不过，正是马路边停泊的冰激凌车常播放的

---

* 牺牲打，一种棒球进攻战术，击球员舍弃掉一个安全上垒的机会，使跑垒员进垒得分。——译者注

那首。教练提高了音量宣布：

“这就是说，你们昨天学的内容全都白费了。我们得重新开始。现在，我们要一起学习另一支舞曲：《稻草里的火鸡》！”

我的脸和头皮上竖起了芒刺，沿着后背一直刺到了尾椎骨。

布雷克原本举起的胳膊垂到了身子两侧，恼怒地看了我一眼。

一群梳着丸子头、围在萨曼莎四周的女生此刻都瞪着我，仿佛下一刻，她们固定发髻的铅笔就会化作箭镞朝我射来。我求助地看向安迪。她咬着下唇，那表情就好像一只咬拖鞋被逮住的小狗。

我的脸热辣辣的，耳朵里嗡嗡作响，但仍清楚地听到戈登开心地大声喊：“万岁！”

索尔登教练绕着桌子跳来跳去，假装那是她的舞伴。她把CD播放机稳稳地扛在肩头。整个体育馆回荡着小提琴声，然后是新的歌词：

干草里的火鸡，火鸡，火鸡；
稻草里的火鸡，火鸡，火鸡；
拿起你的小提琴，用松香抹擦琴弓，
为我们演奏一曲《稻草里的火鸡》。

糟了，这里面找不到任何恶心的元素，我根本挑不出刺儿来。

我的脑海中浮现出傅立·埃尔南德斯高举胳膊，像爸爸一样和我击掌的画面。我几乎没有哭过，就连被保罗练举重的哑铃砸断大脚趾时也没有，可现在，我很想哭。

如果必须把舞跳得比萨曼莎这样的女孩还要好才能见到傅立，我怎么可能有机会呢？我所有的努力都打了水漂。

我绞尽脑汁想办法，很显然，只有一个法子能给我一线生机。

第六章

你们真的不知道?

如果真打算跳舞，就得按我自己的方式来。于是，放学后一个半小时，在我的卧室里，我踢开地板上的抱枕，腾出了一片跳舞的空间。我向安迪鞠了一躬，她也向我鞠了一躬。

“预备……开始。”我侧身迈出了第一步。

“哎哟！”

我踩到了安迪，急忙抬脚让开。“对不起。”

安迪把手搭在我的肩头。她的黑色卷发上挂着一小撮灰毛。我伸手撣掉它，暗暗希望那不是从猫头鹰呕吐的毛球上掉下来的。

“你想让我来领舞吗？”她问道，目光里满是同情。

“不用，我会弄明白的。如果我们每天都一起练习，再在考核的时候组成搭档，那我们肯定能跳进班级前八，拿到我们需要的 A。”

“是拿到你需要的 A 吧。”她说。

“是的是的，我知道，”我说，“我欠你一个大的。”

她轻轻点了点我的鼻子。这是我们俩六岁时发明的秘密握手仪式。那时觉得这相当巧妙，不过现在看起来有点不卫生了。“早晚都会扯平的，”她说，“还记得我四年级尿裤子的事吗？”

“记得。”我假装毫不在意地耸了耸肩，但那的确是一次史诗级的意外。

“我要求了四次，可考克斯女士就是不让我去厕所。不过，就连我妈妈也没有为这找她的麻烦，”她说话时绷紧了下巴，“但是你去了。是你让我们每个人在任何时候都有上厕所的权利，即使刚刚上课。也是你确保没有人会取笑我。”安迪的眼睛有点湿润。

我从来没有告诉过她，其实我还报废了一件夹克。我把它盖在了安迪的椅子上，盖住了那摊尿迹。

“你为我出了那么多次头，这还只是其中一次。”安迪用力抽了抽鼻子，“我们是好朋友，卢佩。我们一起努力，会让你得 A 的。”

她和我一样热切地希望我能拿到 A。我点了点她的鼻子，伸出了手：“我们会成功的。”

我们继续练习，我继续踩她的脚趾。五分钟之后，我们决定转战到客厅，那里至少可以播放音乐。

我们在电脑桌那儿坐了一会儿，安迪往脚上放了一袋冻豌豆防止脚肿。我打开了视频网站，发现《稻草里的火鸡》的视频竟然比《棉眼乔》还要多。

屏幕一侧显示出一连串搜索结果，一个个方块小图像都是各个版本的《稻草里的火鸡》。其中一只卡通火鸡的视频浏览次数相当高。紧随其后的是我上次看他们唱过《棉眼乔》的农夫乐队。

列表中甚至还有大名鼎鼎的威格尔斯乐队。五个成员穿着不同颜色的衣服，拿着小提琴和班卓琴站成一排，像是乡村风舞会上的人形彩虹糖。

“不是吧？”安迪凑近屏幕，不敢相信自己的眼睛，“我以前还很喜欢他们呢。”

我猜，我们都有点被骗了的感觉。我点开了那个视频。

乐队成员们跟着音乐节奏一前一后地踢脚，两条胳膊交叉在胸前，简直像五个同步的节拍器，十分滑稽。视频切换到紫色威尔格斯，他把身上的紫色衬衫换成了一身羽毛蓬松的棕色火鸡服，在谷仓前咯咯叫着，露出一脸灿烂的笑容。

我看向安迪，她落寞地垂下了眼睛。“我小时候觉得他们没这么蠢啊。”

“那是因为我们还小。现在我们差不多是大人了。”

“那倒是。我们选哪个视频呢？”安迪说，“背景音乐里全是咯咯声和鸡啄米声的那种不行，我没法集中注意力。”

别的版本都看起来非常老，甚至连歌词都不一样，而我们又需要和体育课上用的版本保持一致。“那我们就选浏览量最高的这个吧。”我揉了揉眼睛，但眼前仍然残留着威尔格斯乐队的惊悚形象。“简直难以置信，竟然有超过二十万人观看过这个视频。”我点下了播放按钮。

不知道为什么，音乐伴奏并没有让我们的舞蹈水平有所提高。安迪甩胳膊的时候满含激情，一拳打在了我的肚子上；我旋转的时候太过自信，前额磕到了她的肩膀。又练习了十来分钟，我们停下来休息，让安迪继续冰敷脚趾。一番讨论后，我们得出结论，最好换一个有口令员喊动作的视频。

几乎所有方块舞片段都拍摄于美国南部或中西部，舞者们看上去简直像是从上世纪五十年代的洗衣粉电视广告中走出来的。我实在弄不明白，为什么他们要我们跳这个舞呢？没有一个舞者长得像我，或者我的任何一位祖父母。

我们找到了北达科他州方块舞大会的视频。会场看上去更像个社区中心，一群上年纪的人挤在一起，纷纷舞动着自己的老胳膊老腿儿。安迪按下播放键，音乐开始了。如果他们都能跳方块舞，那我们也能。结果，我们竭尽全力才勉强跟上步调，哇，这帮老家伙们还真是灵巧。

视频里，负责喊动作的口令员伴着小提琴乐曲高声吆喝："女士向右，男士向左。"

"卢佩！你是男士！"安迪惊叫道。晚了，我们俩的胸口又撞到了一起。

"知道了。"我们又牵着手面对面，"等等，现在不是应该肩并肩？"

就这样又过了几分钟，我们俩已经满头大汗了。

"一嗒嗒高，二嗒嗒低，齐步行进一起走。脚跟轻点，脚尖轻点，齐步行进不掉队。"

一阵咯咯的笑声从我们身后传来，盖过了口令员的下一句口令。"哇哦！没想到穴居人还会跳舞呢。"我哥哥倚着门框揶揄道。

"闭嘴，保罗。"我气呼呼地喊道。

没人想搭理他，他却往沙发上一躺，一只手枕在脑后，另一只手往嘴里塞墨西哥炸猪皮。讽刺的是，他这副模样才像个穴居人。

我们成功地原地旋转一圈，然后击掌。"要不了多久我们就能顺下来了。等到教练看见我们一起跳舞——"

“嚯！那还是祝您好运吧。”保罗满嘴炸猪皮，含糊不清地说。

“你这是什么意思？”我反问道，继续绕咖啡桌做着完美的齐步行进。

“我是说，谁告诉你们可以互选成为舞伴的？”

我们绕了半个弧形，沿着另一个方向继续行进。“为什么不能呢？”安迪问。

“哦，这也太有意思了。你们真的不知道？”他又抓起一把炸猪皮塞进嘴里。

我们在他面前停下来，松开了牵着的手。我关掉音乐，一声不吭地瞪了他好一阵儿。“行啦。说说吧，怎么回事？”我说。

“不能白告诉你们。”

安迪摇了摇手指：“我们什么都不会给你的。”

保罗一根接一根地慢慢舔掉粘在手指上的炸猪皮碎屑。“那我想，你们两个可以开始继续浪费时间了。”

我拽住了安迪的胳膊。保罗倒不像虚张声势，但至少也是乘人之危。

“好吧，今天晚上我洗碗。”我开出了价码。

“一个星期。”他讨价，“我负责布置碗筷，你负责收拾。”

谁都知道，收拾要费劲得多。从慢炖锅中一点一点抠出结块的食物，简直比用磨脚器打磨萨尔加多外婆满是死皮的拇囊炎大脚趾还要糟糕。

“三天。就这个价儿。”我说。

他笑得好像骗走了我一整年的零花钱似的。“成交。”

“好了，现在告诉我们吧。”我说。

保罗闭上了眼睛。他不像先前那么得意了，面颊甚至抽搐了一下，好像回忆起一个噩梦。

“你必须答应那个邀请你的人，无论是谁。不光如此……”保罗睁开眼睛，目光从我们俩的脸上缓缓地扫过，“在学校跳方块舞，只能男生邀请女生。”

第七章

只能男生邀请女生

“你说什么?！”

“你们俩以为这么容易就能拿下？”保罗向我们靠过来，整个世界好像突然慢了一拍，“我是说……你们、必须、分别、和、男生、跳舞。”一种高傲的笑容在他脸上绽开了。“哈哈！”他笑得如此大力，鼻子里甚至发出了怪声。

我试着思考，但大脑完全没法运转，好像有人把它冻成了一个硬疙瘩。学校居然能强迫我和男生手牵手，还得像个破呼啦圈一样转圈圈，这太不公平了！要不是因为不想称了保罗的意，我真想尖叫。

安迪抓住我的胳膊，把我拉到了门外。雨珠落在她的头发上，我们彼此默默地凝视着。

“教练从来没说过男生邀请女生的事，”我说，“为什么没有人告诉我们这些呢？”

“是啊。就像我们的胸部发育或者月经问题，他们把秘密捂得严严实实，然后，砰！一切突然发生了，你只好又硬着头皮接受。”

我点了点头，假装感同身受，尽管我的胸部仍然平得像飞机跑道，更不用说月经……但肯定有办法阻止这种事吧。“那我们现在怎么办？”我说。

前一刻还是星星点点的小雨骤然嘈杂起来。

安迪郁闷地抬头看向空中的乌云，好像它们在往她的脆麦片里撒尿。她掏出手机给妈妈发消息。“我得走了。今晚是家庭大扫除，如果我不去厨房干点儿活，就得去擦我弟弟滴在卫生间地板上的尿点儿。”

她按下发送键。我们静静地坐着等候，都没从震惊中恢复过来。终于，安迪妈妈的车停在我们面前，车窗摇了下来。

“您好，华盛顿太太。”我在雨中招呼道。

“晚上好，瓜达卢佩！”她用西班牙语大声问候。

“我们走吧，安迪露西亚，”华盛顿太太说，“别忘了你还有二十分钟的钢琴练习，然后是三十分钟的编程练习，最后还要打扫卫生！”

安迪翻了翻眼睛。“明天见。”

我点了点她的鼻子，她也点了点我的。但这一次，鼻孔里忽然传来一阵刺痛。我也要冒青春痘了。

我走回屋里。谢天谢地，保罗已经离开了沙发。阿兹特克主题卫生间的门关着，里面传来马桶冲水的声音。我不想再和他说话，快步跑回了自己的房间。

一个小时的方块舞练习简直比在体育课上跑五公里还要累。也许这就是教练说的，有些事看上去不像体育运动，其实却是。然而，跳舞终归是跳舞。而且现在更糟了：我必须和男生跳舞。

* * *

第二天，我再次来到索尔登教练的办公室。她愉快地问候我："早上好，瓜达卢佩。找我有什么事吗？"

"如果您有时间的话，我想问您一个简单的问题。"

她喝了一大口咖啡。"说吧。"

"是这样，保罗告诉了我一些事。我觉得太荒谬了，不敢相信是真的。"

她点了点头："我能理解。我也有一个哥哥。你猜怎么着？我哥哥曾经告诉我，每一万名婴儿中，就有一个是从肛门而不是从子宫里生出来的，他说我就是那种从屁股里拉出来的婴儿。"

我几乎惊掉了下巴，眼睛肯定睁大了三倍。

她咬住下嘴唇，避开了我的视线。“好吧……看来你要说的事没这么离谱？为什么不直接告诉我，保罗说了什么呢？”

我扑通一声坐在她对面的座位上：“保罗说，方块舞都是男生邀请女生。”

“哦，他说的没错。”她好像在说一个常识。

我的肚子里仿佛炸开了一颗球形礼花。“为什么我们不能和朋友做舞伴呢？”

“每一种运动都有规则，跳舞也一样。”她说，“这就是规则之一。”

我立刻想到了奈尔斯。我得确认一下他和兰伯特先生有没有讨论出什么结果。只要他可以跳方块舞，我们俩就可以做舞伴。我从没见过他跳舞，他也一样，不过，我们都是运动型选手，组起队来应该能对付。只是，不一定能保证拿 A。

但这不算真正解决问题，因为整件事已经是全方位多层次的不正确了。

“如果规则很愚蠢，就应该改变，不是吗？”我有点破音了。通常，我要比现在矜持得多。“这绝对是一个愚蠢的规则。”

“方块舞可以教会你另外一种与人合作的方式，一种你以前没有体验过的合作方式。此外，这条规则一直以来就——”

“我知道，我知道。从1938年以来。”

她放下了咖啡杯。“不管你愿意不愿意，明天，每个男生都要邀请一个女生。”

“明天？”我快窒息了。

“是的，卢佩，”她说，“因为改歌曲的事，我们的进度已经拖延一天了。”

腹背受敌。我能告诉教练为什么拿A对我那么重要吗？我能告诉她我很想去见傅立，去弄清楚关于我爸爸的一些事吗？可如果我说出了口，只会听起来像个傻瓜。

我瘫坐在椅子上。别哭，千万别哭。我低着头死死盯着地面，强迫下巴别再颤抖。

“我和安迪不能做舞伴吗？口令员只说‘搂紧你的舞伴’，没说是男舞伴还是女舞伴呀。”眼睛里传来一阵热辣辣的刺痛，“求您了。”

教练的表情柔和了许多，似乎理解了什么。她的眼睛望向窗外，却没有开口。

我们就那么沉默地坐了十秒钟。也许坐了一辈子。

终于，她再次开了口，声音非常平静。

“卢佩，你能做到的。”

* * *

放学后，奈尔斯自顾自地把我们那块石头踢了三下才传给我。我什么都没说，我知道这并不说明什么。

我仍在消化教练说的每一个字。

我想我该告诉奈尔斯，告诉他明天的体育课上，所有的男生都得当着大家的面邀请女生。只不过……由我告诉他这件事，合不合适呢？也许这是兰伯特先生和学习资源中心的工作。可是，如果他们只是让奈尔斯对跳舞本身感到安心，却没有警告他其他的事怎么办？

我跳到他面前，直视着他："我需要和你谈谈。"

"好的。"他说。

"保罗昨天告诉安迪和我，跳方块舞必须是男生邀请女生。"我脱口而出，"我今天跟索尔登教练核实过了，是真的。"

奈尔斯的表情没有变化。

"我该早点告诉你的。"是时候撕下创可贴了，长痛不如短痛，"还不止这些。"我呼了一口气，"教练说，明天的课上就要让男生邀请女生。"

他耸了耸肩："我知道。"

"什么意思，你知道？"

"我已经和兰伯特先生谈过话了。"

“你不介意吗？”

“嗯，我不太介意跳舞。这和学习武术没有太大区别。”他做了几个弓步盘肘冲拳的动作。我明白他的意思，可是，方块舞远没有武术那么酷。

“这是我的选择，”他说，“而且我可以自己决定，怎样碰触对方，以及邀请谁。我上次去学习资源中心就是为了问这些。”

“那你为什么不告诉我？”我问。

“对不起，我以为你都知道。”

我退到他身边，和他肩并肩继续往前走。“我不知道。”我叹了一口气，“真是糟糕透了。”

“那你觉得哪个部分最好呢？”他问。

我想了想今天和教练的谈话，觉得一无所获。“没有，我觉得所有的部分都很糟。”

他停下脚步站了一会儿，皱起了眉头。“我倒觉得这一集很棒。”

我这才意识到我们俩说的不是同一件事。“你是说《神秘博士》吗？”

“是呀，我们今天还没机会聊呢。”他再次迈开脚步。不得不说，暂时去想点别的事有好处，我心里有些感激。

“哦，对啊。”我说，“我喜欢那帮烂肉丸生物快要被巨毛怪消灭时，合体成一只超大肉丸那段。”

他点了点头：“是啊，真酷。”

“你呢？”我问。

他没有立即回答，而是想了想，然后说：“嗯，我喜欢博士花时间来理解那些生物的想法和它们要表达什么的那一段。即使他们之间存在分歧，即使局势陷入混乱，他还是会等待，等到一切平息之后，找到一种方法来倾听和理解它们。”

“我明白你说的意思。”我说。

走到我家门口时，奈尔斯捡起了我们的石头。“明天见。”

“拜拜，巨毛怪。”

“拜拜，烂肉丸。”他依旧把手高高举过头顶向我告别。

迪莉娅正在院子里给喂鸟器添食，然后把它挂在一只金属挂钩上。努涅斯家的猫坐在喂鸟器正下方，毫不理睬掉落的鸟食，一脸期待地抬头看着挂钩上微微摆动的喂鸟器。

“你觉得怎么样，弗莱彻？”她对猫说，“这样是不是很方便观察鸟类？”

我看到弗莱彻十分赞同地舔了舔嘴唇。

“嗨，迪莉娅。”我打了个招呼。

她转头看向我，头发上嵌着一小团从喂食器里掉出的鸟食。“下午好，卢佩。今天学校里有什么有意思的事吗？”

我的脑海里浮现出将要和男生一起旋转跳舞的画面。“有意思？正相反。”

她关切地歪着头：“有什么想要讨论的吗？”

我思考了一下这场讨论会如何展开。迪莉娅的心理学知识对这件事提供不了一丝一毫的帮助。我叹了口气：“算了，改天再聊吧。”

“好吧，如果改主意了，你知道去哪里找我。”她回答。

我迈着沉重的脚步走进屋子，回到自己的房间，放下书包，直挺挺地倒在床上，茫然地盯着天花板。墙壁上的影子越拉越长，天快黑了。车道上传来妈妈停车的声音，而我仍然想不出任何摆脱困境的办法。一分钟后，前门嘎吱响了，接着是妈妈的脚步声。

妈妈走进我的房间，在我床边坐下。“贝基·索尔登今天给我打了电话。”

“又打电话？你们这帮老师是不是都在手机上装了什么应用程序？就为了天天互相通报各家小孩儿都在学校里做了什么？”我拿起枕头捂住脸，“如果非得跳舞，也不该逼着我和男生跳舞啊。”

“我倒不是说反对你的观点。”她说。从她的语气我能听出来，她甚至有点赞同。“但是，和男生跳舞并不会要了你的命，而且你向来都是和男生一起运动的呀。”

“那不一样。”我说。

她不知道，现在连我的棒球队队友们都听说了换舞曲的前因后果，都觉得我是个小丑。不过，这还不是问题的关键。既然要在大家面前跳舞，我就应该可以选择自己的舞伴。如果没有选择，那就不应该跳舞。

她把枕头从我脸上拿起来，揉了揉我的头：“那么，究竟是不想跳舞，还是不想和男生跳舞？”

“都不想。”我忽然有点想念爸爸。我还想拽过枕头盖住脑袋，却被拉住了。“全都不顺，”我说，“我的人生就是一场灾难。我的鼻孔里已经长青春痘了，随时要爆掉，有一天我还会长出乳房，这些还不够糟吗？还非得要加上跳方块舞这一项吗？”

傅立的棒球新秀卡就挂在妈妈身后的墙上。我知道傅立并不是爸爸，也取代不了爸爸。但他的笑容那么灿烂，就像爸爸打棒球时那样。

傅立没有放弃棒球，去找一个什么渔船上的工作，我也不会。可爸爸放弃了。

我不敢告诉妈妈，为什么我那么想见到傅立。为了让保罗和我生活如常，她做得够多了。我永远不想让她觉得还欠我们什么。

有那么一瞬间，我不禁想，如果换作爸爸，他会对我说什么。

“我想爸爸。”我的声音有点沙哑，“我好想他。”

“我也想，”她轻轻地说，“每天。”沉默了一会儿，她继续说：“但你知道的，他一直和我们在一起。”

我凝视着她的眼睛。到目前为止，我的话似乎没有让她太难过。我深吸了一口气：“妈妈。”

“怎么了？”她倾身微笑着问我。

我很紧张，不知道该不该说出来。“有些事，我不知道怎么解释。”

“说说看。”妈妈鼓励道。

“是关于爸爸，还有傅立的。”我的胃拧成了麻花，“我想见他，不仅仅是为了棒球。”我实在说不出口，说我需要见见某个不会放弃梦想的人。这话听起来就像是在打爸爸的脸。

妈妈微微侧着头：“我不太明白。”

“我只是……需要见见傅立。我想，这可能会帮助我了解爸爸别的方面。”

妈妈把我搂进了怀里。过了好一会儿，当她松开手，坐直身子时，我看到她的眼眶湿润了。“那就去实现它。”她说。

我迅速坐起来，把枕头打到地上。“那你支持我了？”

她深吸了一口气。“理解一个人的感受与赞同一个人的看法，不是一回事。我知道，你为了门门功课拿 A 非常努力。但我觉得，你拿 A 的方法也许不对。”她拍拍我的头，“知道吗？跳舞对心灵有益。”说着，她站了起来，开始跳一种摇摇曳曳的肚皮舞。她慢慢地回归正常人类模式，还伸手抚摸我的脑袋。“你可以另想办法在体育课上拿 A，一样能见到傅立。”

尽管和我的预期不太一样，但这次谈话也不赖。我很高兴能和妈妈谈论傅立。可是，为什么找一个能理解方块舞危害的成年人就这么难呢？还有谁会站在我这边呢？

我灵光一现：迪莉娅。对呀！我怎么没想到呢？作为儿童心理学家，她仅凭一己之力就将学校第一节课的上课时间从 7:25 改成了 8:10。光凭这一条，就能把她划入我最喜欢的成年人之列。

我想，一定有关于男生邀请女生跳舞这件事的研究，也会有关于女生必须接受邀请而带来的创伤的研究。我敢肯定，这种事在某种程度上对男生也是有害的，不过这不是我目前关心的问题。我只需要迪莉娅站在我这一边。

我把妈妈的手从我头上拿下来，紧紧地握着：“妈妈，我们的晚饭够招待客人吗？”

* * *

妈妈用勺子从克罗克慢炖锅里舀出红褐色的浓汤，盛进我们的碗里。

“所以，我是这么想的。”我开了口。

妈妈和迪莉娅迅速交换了一个眼神。

保罗正忙着把碗里那些裹了厚厚番茄酱的豌豆挑出来，没有搭话。

“想什么？”迪莉娅探了探身子，好像要分析什么重要信息似的。她把老花镜从头顶拉到鼻梁上，飘散的头发瞬间膨大了两倍，眼睛似乎也放大了两倍。

“现在，学校里正教我们跳方块舞。”我从座位上转过身子，面对着迪莉娅，假装没看见妈妈的眼神。

“啊，我超爱方块舞的。”迪莉娅拍了拍手。

这可不是我希望听到的内容。

也许这事并没有我想的那么顺利。我清了清嗓子。“我并不是说大家完全不喜欢方块舞，只是，您不觉得方块舞可能会有害吗？”我问。

妈妈深深地叹了口气，但迪莉娅却把胳膊肘搭在了她的银餐盘上。“有害，卢佩？怎么有害呢？”

很好。我展开攻势。“比如说，损害我们的大脑……”

妈妈不屑地嗤了一声。但当我回头看向迪莉娅时，却发现她皱起了眉头。显然，我的问题引发了她的思考。我得趁热打铁，趁她还处于心理医生的出诊状态中。

“还有……影响我们建立自尊心——违背意愿地和舞伴跳舞，”我继续说，“在我们心头留下永远的伤疤。”

迪莉娅皱着的眉头舒展开了。“你会没事的。”她说着，低头搅动那碗浓汤。

连我们平时三十秒的咨询时长都不到。

我用胳膊肘支着桌子，一手托着下巴，另一只手舀了一勺西红柿糊糊塞进嘴里。真不该在晚饭前学安迪把牙膏捅进鼻子里祛痘。现在，我的嘴里有一种薄荷混了番茄酱的味道。

妈妈擦掉唇边的一点红色酱汁。“卢佩，我还是不明白，你为什么这么小题大做呢？我不是教过你，要勇敢面对困难吗？只要找一个你不那么反感的男生跳舞就可以了啊。”

我尖叫起来：“可是女生不能邀请男生。”

迪莉娅的眉毛又皱了回来：“什么？哎呀，这种做法可有点儿过时了。”

妈妈放下了叉子。“你没告诉我这个部分。我还以为你只是不想和男生跳舞呢。”

很好，机会又回到了我手里！“我确实不想，可是，我更加不会和随便哪个男生跳舞，只是因为他邀请了我。”

“那些男生真的这么差劲儿吗？”迪莉娅歪着头问，“还是说你只是在拿这个当借口？”

我学着成年人无意深究时的样子，轻轻摆了摆手。“这不是重点。如果某个系统存在缺陷，人们就应该废除它。”

“我并不认为他们会彻底废除方块舞，它已经存在太久了。不过，如果你强烈认为它需要改进，那你可以到公益请愿网站上发起一项改进请愿。”

迪莉娅做事爱走极端。我印象中，请愿网站是用来保护人们免受侵害，或者拯救生命的。

妈妈看向保罗。“你从没说过你邀请女生的事呀。”她伸手捏了捏他的脸颊，“真是个迷人的小情郎呀！你邀请了谁？”

此时的保罗如同被半截卫生纸困在了马桶上。他垂着头，盯着盘子里的糊糊，忽然变得十分专注。

“是哟，保罗。”我忽然想起洗盘子的“交易”，“你邀请了谁——呀？”

妈妈拨了拨他的头发：“快把所有细节都告诉我们，不然绝不放过你哟。”

迪莉娅用叉子敲着碗，仿佛挥笔在纸上做记录：“是啊，我也很好奇，那次经历让你有什么感觉，保罗？”

保罗用力吞咽了几下，又咳嗽了一声，动作十分夸张，仿佛有一根面条卡在了他的食道里似的。他从桌子边跳了起来，转身跑向卫生间。

我一眼就能看出他是装的，装得不错。他肯定不会再回来面对这两位审判官了。

“瓜达卢佩。”迪莉娅朝空中竖起一根手指。

有戏！我一直盼望的就是这个。迪莉娅想出了一个我可以采用的法子。

“你为什么不私底下和一个男生说好呢？比如，一个朋友。”她说，“你们约定好，让他知道你会答应他的邀请。怎么样？你们俩就都能顺利通关了。”

前一秒的兴奋消失了。迪莉娅并不知道我现在声名远播的情形。而且也已经太迟了，邀请舞伴的日子就是明天。另外，学校里唯一一个跟我说话的男生——

在妈妈和迪莉娅的注视下，我三口两口吞下了碗里的浓汤，然后指了指外面：“妈——，我能去——去——找奈尔斯一趟吗？”我嘴里满是食物，含含糊糊地问道。

妈妈无可奈何地摇了摇头：“去吧去吧，一小时内回来。”她差不多是把我赶了出去——总算可以和迪莉娅可以一起痛痛快快地看《权力的游戏》或者《单身汉》这类带暴力和裸体镜头的电视剧，而不必顾忌在我进门的时候按下暂停键了。

我从门口的桌子上拿起那本最新的《护身符》漫画——保罗让我给奈尔斯的——塞进了卫衣口袋，一边匆匆完成吞咽，一边冲向奈尔斯家。要是有人恰好看到我在飞奔，大概会以为是雨下大了，他们不知道，这可是为了性命攸关的大事。

当奈尔斯的妈妈来开门时，我已经浑身湿透，胃里一下下抽痛。

“卢佩！快进来，别感冒了。”福斯特太太急忙把我拉进了屋里。

我决定不去提醒她，雨水里并没有流感病毒。屋子里很闷，闻起来像壁炉里未燃尽的柴火。“你想坐一坐吗？”她指了指沙发。那是一只古董沙发，四脚雕刻着狮子头。福斯特先生正懒洋洋地躺在沙发旁的躺椅上，读着斯蒂芬·金的《黑塔》系列。他还穿着柔道服，看来，今天他和奈尔斯去武术道场上过课。奈尔斯还是“小龙人”的时候，福斯特先生就一直带着他了。

我愿意用一切来跟奈尔斯换。他拥有一个爸爸，一个能在他一筹莫展、需要帮助的时候伸出援手的爸爸。

福斯特先生朝我微微摇了摇手。“是卢佩啊。快坐下。”他举了举手中的书，“有兴趣听听人类这一回又是怎么把事情搞砸的吗？”

“不啦，谢谢您，新闻里已经够多的啦。我就是来看看奈尔斯。”我答。

福斯特太太皱起了眉头：“出了什么事吗？”

“没有啦。学校的一门课布置了一项比较难的作业而已。”

她赶忙拉着我来到了餐厅，这里以前放着她制作剪贴簿的各种材料，如今则是一座精油军火库。一大套小玻璃瓶整整齐齐地陈列在一个瓷器柜里。她伸手去拿一只小小的玻璃滴药器，两侧的药瓶发出叮叮当当的响声，像多米诺骨牌一样倒了下来。

“啊哈，拿到了！”她眯起眼睛看着手中的小瓶子，“夏威夷檀香、薄荷、广藿香和香草，我的独家配方。我称之为……”她声如耳语，“鼓励。”

不等我开口拒绝，她就在我的两只手腕上各滴了一滴。“会有用的，”她又在我头顶滴了一滴，“现在你走到哪里，‘鼓励’就会跟到哪里了。”

“好棒。”我闻到了逐渐散开的精油味，“谢谢。这有点像用木柴烘烤的圣诞饼干。”

她一只眼睛眨了眨。“我去把奈尔斯叫来。奈尔斯！”她喊了一声。

我从没向男生要求过这种事。但奈尔斯不是一般的男生，他差不多就是我的兄弟。尽管如此，我的手心还是在冒汗。

奈尔斯的脑袋像乌龟一样从卧室门里探了出来。几秒钟后，那脑袋问候了一声："嗨，卢佩。"但身体仍然藏在门后。

他终于走出卧室，来到走廊，身上穿着一件新的芥末黄和黑色相间的连袜连体睡衣。裤腿堆在脚踝处，好像两只口袋。

"嗨，奈尔斯。"我打了个招呼。

他笑了笑，走进了餐厅，忽然倾身向前，在我身上嗅了嗅。"哦，糟糕，是'鼓励'。"他低声说，"出了什么事吗？"

福斯特太太还没有离开。她人很好，但绝对不是那种不好意思偷听的家长。"我给你们俩拿点零食？"

妈妈的神秘豌豆糊仍在我胃里翻腾，弄得我直打嗝。"不用啦，谢谢。"福斯特太太又看了看另一个瓷器柜。我不禁暗想，她会不会刚好还有一种叫作"消化"的精油?

谢天谢地，奈尔斯也帮腔道："不用了，我们这样就行，妈妈。"

"好吧。那我就不打扰你们啦。"她说着，终于离开餐厅去了厨房。

奈尔斯和我沿着走廊来到了他的房间。

奈尔斯指了指我的卫衣口袋，笑着问："那是什么？"

我翻了个白眼："你当然知道是什么。"说着，我掏出漫画书递给他。

"太棒了！"一看到封面，奈尔斯就两眼放光，"我可是等了好久呢。替我谢谢保罗，好吗？"

"好啊，好啊。"我瞥了一眼奈尔斯的漫画珍藏。所有的漫画书都按颜色分类，堆叠成一座座蓝色、红色、黄色和绿色的书塔，像迷你版的摩天大楼。保罗和奈尔斯这样的男生，大概是把这些漫画书当成了数百万个可以藏匿其中的庇护所吧。我望着这几座色彩鲜艳的书塔，叹了口气："它们不太像真正的书。"

他不屑一顾："哦，这些当然是真正的书，卢佩。"他像对待圣物一样珍而重之地把我给他的那本放在了床头柜上。

他的武术用具像往常一样，都堆在床边的椅子上。白色的柔道服上搭着泡沫双节棍和新获得的棕色腰带。奈尔斯大多数时候都很佛系，不过，我旁观过几次他的腰带晋级测试，这么说吧，我很高兴他和我其实是一类人。

李小龙《龙争虎斗》海报的左边，挂着奈尔斯家武术道场的《家规》，上面罗列的规矩包括："真诚如一。""善待万物。""做事有始有终。""尊敬师长，孝敬父母。"奈尔斯很喜欢这些规矩。事实上，他靠规则来理解世界。

和奈尔斯不同，我却觉得这里面有几条不太合理，比如：“每天早晚都要问候家人。”“永远保持房间干净。”“总是帮忙做家务。”“永远保持头发、牙齿和身体清洁。”

我妈妈曾经向奈尔斯的妈妈要了一份家规贴在我的房间里，我“不小心”把它弄丢了。

奈尔斯的床头柜上放着一张他和那群“小龙人”的合影。照片旁边放着一摞霓虹粉色的便利贴，上面写着“干得漂亮！”“你是超级巨星！”“好样的！”。这些都是奈尔斯准备的。他会在课后贴在孩子们的额头上。这种做法算是他的发明，后来就保留了下来。如今，武术道场的其他老师也把写着鼓励话语的便利贴贴在孩子们的手上和额头上。

“我能写一个吗？”我问。

他耸了耸肩：“当然。”

我拿起笔，在一张便利贴上写下：“空手道不容抱怨！”

奈尔斯做了个鬼脸，把我写的这张扯了下来，轻轻地扔进了垃圾桶。“这种鼓舞人的便利贴还是我来写吧。”

我指了指他新睡衣上的《星际迷航》标志。一般情况下，我不会留意这个。过去六个月里，奈尔斯不是穿《神秘博士》的戴立克睡衣就是穿哈勃望远镜睡衣，都是前两次我送他的生日礼物。“怎么换新睡衣了？”我问。

奈尔斯瞥了一眼他的抽屉。“就是换了身新的呗。”

我不好继续追问，却感到一种莫名的不安。我暗暗希望，这种新兴趣只是暂时的。

“我想问你点儿事。”我深吸了一口气。

“什么事？”

“关于体育课上男生邀请女生的事。”我满手是汗，脚心也热了起来，“我想了一个咱们俩可以互相帮助的方法。”

福斯特太太从门口走过，脚步声停了。我知道她就在外面偷听。

“大多数人都不是真的想跳舞，而男生又必须得邀请一个女生，既然如此，那我们为什么不干脆和……某个朋友……跳舞呢？”这个朋友，当然就是我啦。

“那她会有体臭吗？”他问道。

我凑向腋窝嗅了嗅。“这个问题不重要。听着，我认真考虑过了。”我探过身子，“我的想法是，你邀请我。你应该邀请我。”

他闭上一只眼睛，噘起了嘴。我以前没见过他这个表情，有些拿不准这表示他想上厕所，还是在沉思。

我像往常那样拍了拍他的肩膀。“第一，如果必须跳舞，舞伴至少应该是个自己不讨厌的人。”

奈尔斯揉了揉下巴。“有道理。”他说。

我深吸一口气，笑了。“很好。第二，你是我认识的两条腿最灵活的人。”

他终于笑了。“那好吧，”他说，“我也没想好该邀请谁，不过我想，和你跳舞应该会很开心的。”

“那么，就这么说定了？”

他伸出手，和我握了握：“说定了。”

“可以吗？”我问。这是我们约定好的，表示询问他愿不愿意接受一个拥抱。

奈尔斯对我说过，对他而言，拥抱和轻拍肩膀、相互击掌的感觉不一样，即使是来自朋友的拥抱，也可能会让他难以承受。所以，他喜欢别人先问问他可不可以。

他点了点头，我们迅速抱了一下。

其实，我从没想过奈尔斯会邀请别的女生，我也绝对不会想和其他男生跳舞。我们俩能搭档是件好事，这对我们俩都有好处，尤其是，我也能见到傅立了。这算是双赢吧，我这样说服自己。

我站起身准备离开，奈尔斯则走进了他的浴室。没过几秒钟，浴室里就传来刷牙声。他把头探出浴室，含着牙膏咕哝道：“晚安啦，卢佩。”说完，又关上了门。

我看着那条“每天早晚都要问候家人”的家规，咧嘴笑了。

走出房间，我差点儿和裩斯特太太撞了个满怀。她正在假装只是路过，而不是已经在门外偷听了好几分钟。她朝我笑了笑，给了我一个拥抱，让我代她问候我妈妈。

我出去的时候又碰到了奈尔斯的爸爸。福斯特先生叹了口气，合上了书。“斯蒂芬·金真是个聪明的家伙。”他说着，把书举起来让我看了看封面。

封面上是一个黑色的人影，只有一双眼睛闪闪发光。我扬了扬眉毛：“不知道看了这种书之后，我还睡不睡得着觉。”

他笑了：“确实睡不太着。不过我会平复一下心情，这就是这本书的作用——”他从躺椅的一侧抽出了另一本书，封面是一幅城市落日的景象，那个城市足有洛杉矶两倍大，“这本就没有那么恐怖了。”

我大笑了起来。

他也笑了：“奈尔斯和我会在睡前读上一段。你愿意和我们一起读书吗？”

我很想点头，但我答应过妈妈一个小时就回去，要是食言可不好办。“我真想参加，福斯特先生。可我妈妈让我马上回家。”

“没问题，卢佩。这个邀请一直有效，随时欢迎你加入我们的家庭读书俱乐部。”

我胸口一阵发紧。我当然希望自己的爸爸能回来，但要是有一款福斯特先生这样的爸爸，我也会想要一个的。

他放下书，抬头看向我："那么，晚安啦，卢佩。"他说话的样子和奈尔斯很像。

我希望奈尔斯长大后也能像他爸爸一样，这样，等我像福斯特先生或者我妈妈那么老的时候，还能有一个有趣的伙伴陪着我。

我挥了挥手，走出房门。

雨停了。我深吸了一口气。成功了，找舞伴的任务顺利完成。我咧嘴笑着，一路跑回来，身后留下了一缕香草、木柴与圣诞饼干混融的香气。

这不是完美的解决方案，我们还是得跳舞。但至少，奈尔斯和我可以按照我们自己的方式来进行。

第八章

一滴泪从眼眶中逃了出来

不会是遇上了什么满月之日吧？作为一个平平无奇的星期四，今天的走廊看上去格外凶险。一夜雷雨过后，整个路面都湿漉漉的。不知是谁弄来一个充气的沙滩排球，结果所有人都顾不上看路，一门心思地拍来拍去。安迪、奈尔斯和我走出食堂，安迪停下来把餐盘里的垃圾按可回收和厨余分类扔进垃圾箱里。猛的一下，奈尔斯拽了我一把，躲过了一个飞奔而过的小孩。要不是他反应快，我肯定会被撞出水泥路，跌坐在烂泥里。

奈尔斯迅速松开手，拽了拽身上那件“西部平齿囊鼠濒临灭绝”T恤。在那只长了龅牙的啮齿动物正上方，别着一枚金色胸针，流线型的倾斜三角，有点像字母A。不用说，这又是《星际迷航》里的某个标志。

趁安迪还在忙着给垃圾分类，我打算利用最后一点时间提醒一下奈尔斯。

“奈尔斯，最后确认，就按昨天说的办？”还有不到两分钟就得去更衣室了。从那之后，直到男生邀请舞伴之前，都是无线电静默时间。更何况，安迪眼看就要分完了。

“嘿，伙计们。”戈登挥舞着双手向我们跑来，好像在为一团不存在的大火扇风。

来得真是时候！现在我还得防着这位方块舞爱好者发现我们的暗箱操作并向索尔登教练举报。我急忙对奈尔斯说：“你没忘——”

“当然没忘。”奈尔斯说。

戈登打断了我们的谈话，他掀起T恤套在头上，假装是蒙面黑武士达斯·维达。看这架势，好像下一秒就要开唱黑武士登场的配乐了：“当——当——当——当当当——当当当——”我正不知道该做何反应，戈登又拉下了T恤。

奈尔斯朝戈登扬起眉毛，按了按那枚金色胸针。胸针里发出微弱的啾啾声。

戈登笑了。“正中目标，舰队船员奈尔斯。”

胃里再次翻腾了起来，我不安地拍了拍奈尔斯的胳膊：“奈尔斯，你觉得——”

然而，奈尔斯的注意力完全不在我身上。戈登正在他面前挥舞一根锡箔纸包着的短棍。他把那玩意儿举在身前，嘴里发出“嗞——嗖——咻——”的漏电声（没人能像缺了一颗门牙的戈登这样，如此完美地模拟出电流声）。我好不容易才明白，原来他正在想象自己握着一把绝地武士的激光剑。他打开锡箔纸，狠狠地咬了一口。安迪回来了。

“你在吃什么？”奈尔斯问戈登。

“一点儿零食，早餐卷饼。”他又咬了一口。

我决定不指出我们刚吃过午饭的这一事实。

噗！一小块鸡蛋落到了地上。

“戈登。现在已经一点十五分了，”我说，“这东西在你书包里放了多久了？”

“没问题啦。奶奶说我长了一副铁胃。”他拍拍肚子，又抹掉了下巴上的一点儿奶酪。

“现在吃鸡蛋加奶酪合适吗？马上要上体育课了呀。”安迪朝那一团不成形的食物扬了扬下巴，一针见血地问道。

“除非必须蹦来蹦去，否则没什么不合适的。再说，我已经知道该邀请哪位幸运的女士啦。我们一上场就会表现得行——云流水的。”他抡起没拿卷饼的那只手，在空中绕了一个圈，直直地指向了我。一块鸡蛋刚好填在他缺了门牙的豁口上。

安迪窃笑着转过身去。

戈登会毁了这一切的。如果他先邀请我，按规则我必须答应啊。

“听着，戈登，无意冒犯……”我开了口。

妈妈总说，当有人以无意冒犯开头时，其实相当有可能就是要冒犯你。

“但我希望你别邀请我。”

“可是，可是……你不是说你想拿 A 吗？我一直在和奶奶练方块舞，咱们俩搭档肯定会跳得很棒的。”戈登摊开双手，恳请我答应。

我瞥了奈尔斯一眼，他刦清了清嗓子，转过身去。安迪也故意扭过脸，生怕看到我的眼睛。

预备铃响了，没多少时间来解决这个问题了。我停下脚步，挡住了奈尔斯和安迪的视线。“戈登，不要、邀请、我。”我倾身向前，直视他的眼睛，“明白了吗？”

戈登合上锡箔纸，把卷饼塞进背包，低头避开了我的目光。他脸颊上的几个红点更加鲜亮了。“没问题，卢佩。对不起，我不该打扰你。”他迅速朝男生更衣室走去，肩膀无力地垂着。

* * *

当我们换好衣服准备上体育课时，萨曼莎像戈登那样把运动 T 恤拉了上去。不过没有拉过头顶，而是掖了一半到领子里，把 T 恤改造成了一件简易比基尼。吉祥物红鲑鱼萨米的大部分身体都折进了 T 恤里面，只剩那张笑脸和竖在右胸位置的卡通大拇指。克莱尔和另外一个萨曼莎的跟班也有样学样。

“嗨，瓜蛋卢佩、安迪拉稀呀。”萨曼莎玩起了谐音游戏，阴阳怪气地说。

安迪试图挡在我和萨曼莎之间。“别——”她恳求道。太迟了，我那该死的回嘴机制已经启动了，我踮起脚尖，越过安迪的肩膀瞪着萨曼莎。

“嗨你个头，沙门氏。”我试图加重语气，结果叫出来的名字倒像是什么蹩脚的双关语。

萨曼莎和她的跟班们大笑起来：“嘁，说的什么呀？”

安迪和我垂头丧气地走向体育馆。“你为什么非得来上这一句？”安迪哭笑不得，“沙门氏？这是什么？沙门氏菌？”

教练吹了三声短哨，孩子们从更衣室涌向体育馆。30秒后，她又吹了两声。这就是中学版本的倒计时：等她再吹一声哨时，谁还没出更衣室，就会被扣分。萨曼莎和那几个梳丸子头的跟班走出了更衣室。

乔丁和几个足球社的女生也出了更衣室，从我们身边走过。

“嘿，安迪。”乔丁问候道，完全无视我的存在。

“嘿，乔丁。”安迪回应道，笨拙地挥了挥手。我知道她才去训练过一次，但变化就是这么快。我的心好像被人掐了一下。

教练吹响了最后一声哨，所有人都出了更衣室，戈登除外。又过了一会儿，戈登才像只便秘的骆驼一样，躲躲闪闪地溜了出来。

“跑快点儿，施奈利！”教练喊道。

他稍微赶了两步，却没有走得更快。我暗暗希望他不是因为我刚才说的话才这样。

“萨曼莎，克莱尔，梅根！把 T 恤拉回去。这可不是什么春假海滩派对。”

我从没见过三个人如此整齐划一地翻白眼。她们不情愿地把 T 恤拉下来盖住了肚子。

“男士们，站到这里来。”教练指着地上的罚球线。

“女士们，这里。”她又指向端线，“全体都有，半臂间隔列队展开，男生女生两两对齐，面对面站好。”她一下一下地拍着手，好像一只嘀嗒作响的计时钟。我站在了佐拉·芬普尔和安迪之间。

如果我们是选美大赛的决赛选手，也许会携手站成一排。但我最不想做的事就是和佐拉手牵手。佐拉外号“绿妖精”，最爱挖鼻孔——至少从二年级起就这样了。更糟的是，她后来发现“绿妖精”这个绰号是我起的，从那以后就再也没跟我说过一句话。

所有人列队就位后，教练搓着手走了过来，仿佛已经谋划好了如何让全美国的小孩都爱上仰卧起坐和立卧撑。“好了，大家期待已久的时刻到了。今天这节课，我们要匹配舞伴。”

有人假装干呕，体育馆里回荡着你常在校车里听到的那种牢骚话。

“够了，都安静。”教练面对着罚球线，“你们当中某些人可能已经听说了这个好消息。每学期体育课上表现最好的四对舞伴会在伊瑟阔鲑鱼节期间的展演中获得一个令人羡慕的好位置，这些同学的成绩会自动成为 A。”

大约有五个同学开始兴奋地交头接耳，但大多数人只是盯着场馆的另一边，担心着要和一个并非兄弟姐妹的异性牵手这件事。

“好了，全体男生都有，现在，请你们去邀请一位适合自己的舞伴。”

男生纷纷低下了头，好像在检查纸箱里的鸡蛋，但也有几个男生立即就盯着某人看。戈登的目光扫来扫去，断成半截的门牙咬着下嘴唇。我试图对上奈尔斯的眼睛，但他和卡尔·特隆森都没在听，正对着天花板上的一个灯罩指指点点，那里面不可思议地嵌着一个排球。

“我们在上一节课已经学过了，邀请舞伴时，男士们要伸出手，微微鞠躬。”教练开始示范，伸出右脚和右手，低下了头。

男生的队伍里又传来一阵呻吟声。

“安静。”教练吹了吹哨子，体育馆再次安静下来。“女士们，邀请别人跳舞需要很大的勇气。所以，在受到邀请后，你要牵着舞伴的手，走到场地中心，等待所有人都找好自己的舞伴。”

卡尔忽然走出了队列，一瘸一拐地跑向教练，差点儿自己绊倒自己。他递给教练一张纸条。

教练将纸条夹在了记事板上，眉头紧锁。“好吧，特隆森。这节课你就坐在一旁见习吧。”教练盯着记事板看了一会儿，皱着眉摇了摇头。

卡尔走到看台最低一层坐下，趁教练专心写东西的时候，偷偷向其他男生挥拳致意。

奈尔斯和我会成功的。即使放学后有棒球训练，我也可以利用晚饭前的一个小时去他家练舞。我们至少能进前八，十拿九稳。

教练再次吹响了哨子，这次声音更大、时间更长。她又一次地掖了掖 T 恤下摆，提了提短裤的裤腰。“让我们开始吧。”她像电视上的职业摔跤解说那样大喊一声。

至少有两个男生在短裤上蹭了蹭手。似乎是为了让整件事更尴尬，教练还打开了音响，播放出小提琴和班卓琴版的《稻草里的火鸡》伴奏。整件事都不对，不可能只有我一个人这么觉得。

布雷克第一个走出队列，和他每一次准备挥棒击球一样，昂首阔步，趾高气扬。他立刻走向了萨曼莎。毫无疑问，她将是第一个被邀请的人。萨曼莎交叉双臂，眨了眨眼睛，假装有些恼怒，脚尖却期待地踮了几下。布雷克鞠了一躬，伸出一只手。

萨曼莎握住了布雷克的手，嘴角微微上扬。

布雷克对其他男生夸张地眨了眨眼。

萨曼莎的两脚交替着滑过地面，仿佛前面不是体育馆中心，而是独奏会的舞池。她眯起眼睛看着我，以赢者的姿态悠悠地从我身边飘过。但我知道一件事，一件她不理解的事：没人能强迫我接受邀请。我会选择用自己的方式，接受奈尔斯的邀请。

在布雷克率先破冰之后，其他男生纷纷走上前邀请女生。有些女生甚至在男生还有 10 英尺远时就低头接受了。很明显，也有一些同学像我和奈尔斯那样，预先做好了约定。

女生这一队的空位越来越多，我、佐拉和安迪越来越显眼。

在男生队伍的一头，戈登的眼睛盯着地面，向我这边走来，半颗门牙在灯光下闪闪发亮。我之前已经说得够清楚了啊，简直不敢相信他还要这么做。

走到离我还有几英尺远时，戈登朝佐拉伸出了手。我松开了握紧的拳头。佐拉鞠了一躬，辫子几乎碰到了地面。然后，她握住他的手。

卡尔坐在边线外大声吆喝道："嘿，瞧啊！戈登、佐拉！哎呀，听着像'戈贡佐拉奶酪'呀！"

整个体育馆爆出一阵笑声，就连吹哨维持秩序的教练也忍不住会心一笑。

戈登也笑了。然而，下一秒，他忽然怔住了，接着，他的脸色比平时苍白了两度。他的嘴唇开始发紫，上唇沁出了汗珠。

"你怎么了，戈登？"佐拉放下手。

戈登双手捂住嘴，脸颊却像花栗鼠一样鼓了起来。一团乳化的鸡蛋和香肠混合成黄色泥浆从他的手指缝里喷到了地板上。全班同学惊恐地向后退去。安迪、佐拉和我也退了一步，但速度还不够快，呕吐物溅到了我们的鞋子上。同情和取笑的声音不绝于耳，就连安迪也闭上眼睛做了几个深呼吸，生怕肚子里的午餐跟着不安分起来。对一个猫头鹰呕吐毛球专家而言，这倒是有点令人意外。

教练跑过去把戈登拉到一边，接着又走到墙边拿下电话："体育馆地面有呕吐物！速来！"过了不到三十秒，清洁工赫尔姆斯先生捧着一个罐子跑了进来，倒出神秘的粉末往上洒。

"我马上回来，大家都待在原地别动。"教练高声命令，领着戈登走出了体育馆。所有人呆呆地站着，沉默了几秒钟，消化刚刚发生的事。

"喀拉喀托火山喷发啦！"卡尔大喊一声，仰面朝天，直起脖子，噘着嘴，模仿火山喷发的样子。

几乎每个人都开始笑着聊天。佐拉则低头看着卡在她鞋缝里的一块香肠，自言自语道："为什么总是我？"赫尔姆斯先生一边忙着泼洒神秘粉末，一边不忘伸出两根手指指了指自己的眼睛，又指了指我们，警告我们注意纪律。不到一分钟，戈登的早餐卷饼就被清理干净了。

终于，教练双手紧握着回到了体育馆，所有人都安静下来。她经过我身边时，我闻到了一股洗手液味。她领着我们走到了篮球场对面的另一条罚球线上，赫尔姆斯先生则把一只金属桶推了进来，桶里晃动着加了松香的清水。

剩下的五个男生中，有四个趁乱走出来，在没人注意的情况下邀请了舞伴，然后立刻向球场中央跑去，和其他结成舞伴的同学们会合。

现在，只剩下几个人了。我终于理解了教练之前的皱眉。甚至在男生开始邀请之前，她就发现了问题：少了一个人。

站在端线上的女生只剩下安迪和我。

站在罚球线上的男生只剩下奈尔斯。

“哦，不。”我低声说。但我知道，安迪听到了。

没有人邀请她。做我的好朋友再次让她付出了代价。她的下巴在颤抖，就像尿裤子的那一次。

“安迪……”我轻轻推了推她的手。

“没事，我不在乎。”她言不由衷地说道，头却垂到了胸前。

奈尔斯已经朝我的方向走来。都是我的错。现在，没人邀请安迪跳舞了。

奈尔斯继续往前走，在我们面前停了下来，目光穿过我和安迪之间，看着远处的绿色泡沫墙垫。忽然，他看向安迪，我也瞥向她。她正要转身离开，电光石火之间，我从她的脸上看到了一种我从未见过的神情。她的下巴在颤抖，但眉头却紧紧皱着，仿佛要把即将袭来的尴尬洪流隔绝在外。

太可怕了，我真希望这一切快点结束，但奈尔斯仍然没有鞠躬。

他为什么犹豫？我微微伸出手，只伸出了一点点，希望能促使他向前一步。正当我的手快要碰到他的手时，他忽然醒转过来，向我看了一眼。下一刻，他向旁边迈了一小步，伸出了胳膊。

然后……他向安迪鞠了一躬。

安迪和我同时转过头，愣愣地盯着对方。我尴尬地把手藏到了身后。萨曼莎在哈哈大笑，那笑声那么刺耳，甚至盖过了音乐声。

教练吹响了哨子，低下头迅速看了看手中的记事板。“安迪，你知道该怎么做。”

安迪看了教练一眼，又看向我，接着，看向奈尔斯。她鞠了一躬，握住了他的手。安迪和奈尔斯走向体育馆中央，和其他同学站到了一起。我的脸火辣辣的。

教练切换了音乐。所有人都盯着我，好像我是一条丑陋的水滴鱼。萨曼莎把手拢在嘴边，说了句什么，那群丸子头跟班都笑了起来，连布雷克也跟着傻笑。歌唱版的《稻草里的火鸡》在体育馆里回荡，口令员高声喊着：“搂紧你的舞伴！”

好吧，我这算不算是如愿以偿了呢？不用跳舞了。我试着调整呼吸，却觉得喉咙里似乎卡了一只装防滑粉的袋子。这不就是我一直心心念念的结果吗？我把手插进口袋，后退了几步。真希望能融进墙壁里消失不见，我靠在绿色的防撞墙垫上，一个人站着，祈祷大家都离得足够远，看不到我的脸。一滴眼泪从眼眶中逃了出来，顺着脸颊滑了下去。

第九章

如果我耿耿于怀

佐拉从更衣室回来了，浑身上下一股洗手液的味道。

“这节课戈登上不了，你们俩今天可以一起跳舞。”教练说。

我张大了嘴。现在两个女生为什么又可以了？为什么不能一开始就让我和安迪一起跳舞呢？我本能地盯着佐拉的手。

佐拉一定是看到了我不加掩饰的目光，她瞪着我，喉咙咕咚响了一声，好像那里卡了一个毛球。我知道这样实在有些过分——其实我自己也刚刚用手擦过和着鼻涕流下的眼泪。更何况，以我现在的境况，一个用了那么多洗手液的佐拉，还能造成什么伤害呢？扬声器里传来口令员“齐步行进”的口令，佐拉不耐烦地上前抓住了我的手，好像一个恼怒的妈妈在商店里抓着她蹒跚学步的调皮孩子。我跟着她往前走去。

几天前，我想让方块舞消失。而现在，如果能和戈登·施奈利做舞伴，我愿意付出一切。我很想找个机会亲口跟他说对不起，可他连下一节科学课都上不了了。此刻，他可能正坐在医务室里，穿着从学校借来的紧巴巴的卫衣，等着父母来接他回家。

奈尔斯为什么在最后一刻偏离了原定的计划呢？

佐拉捏着我的手，好像今天邀请舞伴的惨事都是我的责任似的。又过了二十五分钟，我已经不堪重负：手在抽筋，体味过重，绿色、蓝色的运动T恤好像万花筒一样在眼前旋转着，耳边充斥着某个南方口音的老家伙发号施令的尖叫。

* * *

安迪、奈尔斯和我默默地朝下节课的教室走去。

在平日里即将分开的地方，安迪站住了：“对不起，卢佩。”

我瞥了奈尔斯一眼，我猜他没听见这句话。

安迪点了点我的鼻子，转身走进了社会研究课教室。

奈尔斯和我肩并肩往科学课教室走去。

朗格伦先生穿着一件亮橙色的T恤，胸前印着一只微笑的玻璃烧杯。烧杯的嘴边冒出一个对话框，写着：“如果你不是溶液的一部分，就是沉淀物的一部分。”

上课铃还没响，奈尔斯放下书包，去拿我们的实验材料。我坐了下来，手肘支着桌子，双手捂住了眼睛。

耳边传来玻璃器皿的碰撞声，还有同学们的说话声。奈尔斯在喃喃低语：“小苏打、氯化钙、水、量筒……”

我透过指缝向外看，一瓶瓶溶液整齐地排在了实验台的支架上，奈尔斯还在我们面前放了笔、胶带和一本实验书。

卡尔走进了教室，有几个人鼓起掌来。他在我们的实验台对面坐下。

实验台之间的隔断上有孔洞。我透过孔洞看向卡尔：“你是怎么摆脱方块舞的？你那张字条上写了什么？”

“疣。”他撇了撇嘴。

“什么？”我没听懂。

“足底疣，”他说，“我的脚后跟刚刚取下了两个。”

我一拍额头：“我怎么就没想到呢？”

“这又不是我计划好的，”卡尔的声音有些尖锐，“疼着呢。”

“你瞎编的吧。”我说。

他把手伸进背包，拿出一个密封的小罐子。液体中漂浮着两个麦粒状的圆东西，好像两小块腐烂的花椰菜。

“医生说我可以留着它们。”

朗格伦先生站在卡尔身后看了一眼。“唔，是甲醛溶液呀。”好像罐子里装着什么美味似的。

“这真是有史以来最糟糕的一天。”我再次用手捂住了脸，试图把世界挡在外面。

奈尔斯在我旁边坐下。“卢佩，我邀请安迪跳舞，你没有不高兴吧？”他问道。

我透过指缝看他，奈尔斯正不安地晃动着身体。我没法回答，我怕一开口，声音就露了馅。

“我知道我们说好了，我也知道你需要拿到 A。可是，当我看到安迪……”

我没有回答，因为当时我也看到了安迪的表情。我像安迪那样转过身去，不想让他看到我的眼睛。他做了正确的事，尽管对我来说很糟糕。

如果我因为奈尔斯做了对的事而耿耿于怀的话，只会让这一天更糟。

“当然没有，你做得很对。”我说。

第十章

我们从不轻言放弃

至少明天就开始棒球训练了，总算有件好事能转移我的注意力，让我暂时忘记人生这场灾难。放学后，我在后院练习投球。距离八十一个好球的目标还剩一桶球。

“67，68……”

就快成功了。这是以前爸爸会鼓励我再坚持一下、坚持到底的时刻，也是现在我最想他的时候。我会想象，他就在我身边。

泪水模糊了双眼，我几乎看不清练习网上的好球区了。

集中精神。我会陪着你。

爸爸会用另一只手捶打棒球手套的中心。

你能行的，卢佩。

我真希望他就在这里。这样，我就能扑进他的怀里，向他诉说这糟糕的一天。

身后的小径传来了脚步声。我急忙眨了眨眼，忍下了泪水。

保罗穿着足球队的运动服走了过来。有那么一瞬间，我怀疑他是不是感应到了我的情绪。

“69。”我板着脸，继续数数。

保罗一副只是过路、秋毫无犯的样子。突然，他来了个假动作，一把锁住了我的双膝。我猝不及防，摔倒在地，差点儿没喘过气来。这还不算，他拽住我的牛仔裤后腰，把我拎了起来，害得我又被内裤勒得够呛。最后，他大获全胜地走回屋里，就好像他刚才不光让我摔了个仰面朝天，还让我一败涂地、后继无人。

我挥拳吼道：“总有一天，保罗，等你老得坐上轮椅的时候，我就直接把你推下山去！”

“这个主意不错！”他揶揄道。很显然，今天的第二次回嘴仍然没占到什么便宜。

从地上爬起来，我调整了一下牛仔裤，又投了一个球，连好球区的边儿都没碰到。我把手套一扔，悻悻地坐在门廊上。全赖方块舞，我竟然被打得落花流水。

爸爸站在那儿。

你打算让这一球击败你吗，卢佩？我们姓三的可从来不轻言放弃。

这也太可悲了。这老掉牙的舞蹈竟然毁了我一盘好棋！不行，我绝不能放弃。

迪莉娅说什么来着？那个请愿网站……听起来似乎有点极端，但人一旦到了绝望的时刻……

卫生间里传来保罗打开淋浴的声音，就是说，在他出来之前，我还有两三分钟的时间（顺便补充一句，他就是洗了澡，气味也好不到哪儿去）。要用客厅那台电脑的话，我必须快点才行。

所有尚有人性的人，请注意这条请愿信息！妇女参政运动来到了伊瑟阔中学！这所学校跳方块舞的规则太过野蛮：必须由男生邀请女生，被邀请的女生必须同意。请大家帮助我们废除这一条款！这是个过时的陋习，需要立即终止，最好明天上学前就终止！恳请大家积极写信给辛格校长（邮件地址如下），让她知道你的感受。

一位热心公民

“也坏不到哪儿去了。”我嘟囔着，按下了回车键。

剩下的时间，我一直躲在自己的房间里，还玩起了“假装打扫房间”的把戏。妈妈当然不会阻挠这种千载难逢的奇迹，所以也没有过问什么。

我终于爬上了床，但依然思绪不宁。我想着发在网站上的那封请愿书，怀疑这到底是不是一个好办法。我盯着天花板，又盯着傅立的那张棒球新秀卡，心里更乱了。我开始想象小刺猬在洗澡，没用，又想起爷爷教我的解压方法，做了三个深呼吸，才稍稍感觉好了一点儿。我闭上眼睛，感觉意识在飘浮。会没事的，会过去的。

甚至都不会有人去读这封请愿信。

* * *

第二天早上去学校前，我一边狼吞虎咽地吃着一块不怎么新鲜的贝壳面包卷，一边坐在了电脑前，打开电子邮箱。电脑似乎出了什么问题。通常收件箱几秒钟之内就会加载完毕，弹出前一晚的几封垃圾邮件。但这一次，新邮件持续涌来，未读邮件计数一直升到 423 还没完。我火了。

收件箱列表中第一封邮件的主题是："小姑娘太可爱了！找他们评理去！我支持你！"

第二封说："真是太过分了！难道要重回穿衬裙和贞操带的年代吗？"

我都不知道这两样东西是什么。

妈妈走了过来。

"没什么！"不等她开口询问，我就大吼一声，按下了退出键。

“好……吧……”她一脸困惑地转了转眼睛，“你得走了，要赶不上校车了。”

贝壳面包卷和牛奶好像在肚子里翻腾。但我知道，这并不是担心错过校车的缘故。我拿起书包跑了出去，希望妈妈不会在今天突然决定监视我的邮箱。

* * *

上第一节课时，学校的扩音器吱吱啦啦地响了，里面传来辛格校长的声音。“咳咳……我……呃……一夜之间收到了不下两千封关于一桩学校事务的电子邮件。”

我心里一抖，立刻垂下了眼帘。事情比我想象的还要糟糕。

“看来，大家对跳方块舞机会平等的问题非常关注。”校长说，“我同意。为此，我们需要做出改变。”

我惊讶地吞咽了几下，忍不住咧开嘴笑了，双手交握着平放在桌子上。全班都在叽叽喳喳地说着什么。有两个同学从座位上转过身看向我，一脸不可思议。好吧，我马上就要“臭名远扬”了！

“因此，”扩音器里，校长继续说，“除了体育课上男生邀请女生的环节要改，我们还将设立一个单独的、没有性别限制的方块舞活动。”

我的笑容垮了下来，手从桌子上收回来，夹在了双腿中间。同学们原本惊喜的表情也变了，像是刚刚打完破伤风针之后又做了个膝跳反射测试。

“这样一来，就出现了一些日程安排方面的问题。因此，今年七年级同学期末的运动会取消，改在体育馆里举行一个没有性别限制的赛迪·霍金斯*舞会，”扩音器里的声音变得十分兴奋，“所有人都可以邀请舞伴！”

有人在我身后敲着桌子。“开玩笑吧？运动会是全年最有趣的一天啊。”

一支铅笔从过道飞过来，落在了我身边。

“这下好了，多亏了某人，我们连运动会都没了。”克莱尔的声音响了起来，“我倒想知道，那个某人会是谁？”我很确定这支铅笔是她用来固定丸子头的。我甚至不知道克莱尔为什么会在乎这种事。运动会都是体育项目。她既不踢足球，又不打橄榄球，难道要和运动员们一起跳芭蕾不成？

辛格校长继续说：“从下学期开始，体育课上的方块舞分组也将取消性别限制。这是最终的决定，以后不再讨

* 赛迪·霍金斯舞会，也叫女生择伴舞会，在这种校园舞会中，女生可以主动邀请男生。——译者注

论这一话题。”说完，扩音器里的声音消失了。

我目不斜视地看着教室前方的白板，尽管如此，还是能感觉到一双双眼睛在盯着我。

他们都认为是我干的。当然，这的确是我干的。只不过……

克雷格女士拿出了课堂上要阅读的《饥饿游戏》，继续上课：“大家把书翻到……”

我坐在教室里，脸都麻了，苦苦地等着下课铃响。我头也不抬地盯着书，却根本看不进去，总是忘了翻页。克雷格女士朗读着书中的内容，教室里不时传出喘息声和惊呼声，还有人发出惊恐和反感的咕哝声。故事很精彩，可我却完全无法集中精神。下课铃终于响了，我第一个站起身，离开了课桌。

我快步走出教室，马库斯却从隔壁的数学课教室跑出来，把我堵在了门口。“干得好，卢佩。”

我其实预感到了这句话会从马库斯嘴里说出来。自从九岁那年我打败他成为一号投手以来，他就一直怀恨在心。不过，当着布雷克和其他队友的面，他从不表现。

这时，其他同学走出了教室。棒球队也没人站在我这边。

“谢谢你毁了我们的生活！” 蒂米·克鲁格撞了我一下。

他的双胞胎兄弟吉米·克鲁格跺着脚向我走来，脸近得离我只有两英寸。“我听说她把可乐和跳跳糖混着吃，把脑子吃坏掉了。”他的口水喷到了我的耳朵里。

“这两样东西混在一起吃的话，当然会发生这种情况。”蒂米奚落道。

我希望运用装死的本能蒙混过关，所以一动也没动，但听到这种话，心里仍然五味杂陈。我爸妈教过我，这种时候千万不要立刻反击。我很清楚，最好别和这种蠢家伙打起来。

“不是啦，她天生就是个白痴了。”克莱尔说。所有人都笑了。

奈尔斯走出学习资源中心，出现在走廊另一头。那一刻，我就知道他们伤害不了我了。我朝奈尔斯递去了一个我能做出的最疯狂的“帮帮我”的表情，然后松开紧紧攥着书包背带的手，打开了音速起子。他立刻走过来，抓住我的胳膊肘，把我拉到了他身后，然后一条腿向前，膝盖微曲，另一只手竖起来，摆出了手刀的姿势。

他拉着我缓缓往外走，就好像从一群穷追不舍的恶狼口中夺出了一具尸体。

吉米上前两步，试图抓住奈尔斯的肩膀把他拉开。奈尔斯立刻挣脱，举起拳头，亮出了防御姿势。速度之快，惊得大家不约而同后退了一步。吉米的眼睛瞪得老大，像个傻乎乎的卡通人物似的举起双手，像是要躲避狼人的进攻。他用沙哑的声音叫道："别过来，退后。"

奈尔斯后退一步，站在我面前，再次抓住我的胳膊肘，目光始终盯着面前的这些人。就这样，他一言不发地带着我走出了人群。

一到安全距离之外，奈尔斯就放开了手。

"可以吗？"我用我们的暗语问道。

他点了点头。我伸出胳膊搂了搂他的肩膀，然后在别人注意之前迅速松开。

奈尔斯叹了口气："两件事让你选：和那帮人跳方块舞或者余生每天吃十条香蕉蛞蝓。你选哪个？"

"当然是吃香蕉蛞蝓。"我平静地说。

第十一章

今天，我们要去打一仗

对我而言，胃里的刺痛和打喷嚏一样，说明有人惦记我，正在背后议论我。而此刻，我的消化道刺挠得仿佛有一把毛刷正在胡乱舞动。所以，肯定到处都有人在议论我。

午饭的三明治我一口都没吃，而奈尔斯已经把他那盘“蚂蚁上树”*里的葡萄干从大到小排成了一排。他舔净了那粒最大号葡萄干上的花生酱，把整根西芹塞进嘴里。

我在食堂里四处搜索安迪，却找不到她。

戈登在我们旁边坐下，打开了他的午餐袋，倒出里面

---

* 美式的蚂蚁上树，一般是在西芹上涂抹花生酱或奶酪，然后撒上葡萄干。——译者注

所有的东西。我注意到其中居然有一个冰袋，显然是为了防止食物滋生细菌。他喝了一口橙色的电解质饮料，脸皱成了一团，好像有人咬了他的大脚指头。

“嗨，戈登。感觉怎么样？”我问。

“好多了，谢谢。”他把一整块苏打饼干塞进嘴里，嚼了整整三十秒。一小块饼干卡在了他豁牙的缺口上。

“我为昨天的行为向你道歉。”我脱口而出，“我不该不让你邀请我。”我瞥了一眼奈尔斯，他正在把一片薯片推进嘴里轻轻压扁。“只不过……我事先有安排。”

戈登又喝了一口橙色饮料。他眯起眼睛，好像喝了醋似的，浑身打了个激灵。“没事啦，卢佩。你做什么都很擅长，而我其实是想找个机会向大家证明，有些事我也很擅长。”

我把自己的巧克力牛奶推给他，换走了那瓶电解质饮料，算是握手言和。“好吧，你和佐拉今天就有机会证明这一点了。”

戈登抬起头，仅剩的半颗门牙上粘着染成橙色的饼干碎屑。他以奶代酒敬我：“谢谢，我正有此意。”

* * *

既然没有舞伴，我本来以为自己会和卡尔一起，在体育课上打扫看台或者整理球柜什么的。然而，今天索尔登教练却没有出现，一个老头儿吹着哨子走出了办公室。他穿着一身褪了色的黄色运动服，那衣服看上去就像在箱底压了二十年一样。他看着我们，绽开笑容，露出了大大的牙齿，太大了，不可能是天生的，肯定是假牙。

“全体都有，小家伙们！索尔登小姐今天没来。”我不明白他为什么特意强调了“小姐”两个字。接着，他压低了声音，但又没完全低下去：“可以肯定是女士方面的原因。”他清了清嗓子，听起来像是咽了一口蛋黄酱，“所以，今天，我就是你们的临时代课老师。我是阿姆斯特朗教练，几天前刚退休……”他大笑起来，但没有人跟他一起笑，“我曾在北西雅图中学负责体育课程的教研工作，干了四十年。”

综合考虑所有因素，我相当确定，这老家伙已经五十年没见过真正的体育馆或带过学生了。

“今天我们要先把蓬蓬裙挂起来，玩点男人的游戏。”他指了指白板上写着的题目，“夺旗*”，说道，“今天，我们要去打一仗！”

---

* 夺旗，一种欧美传统游戏。参加者分为两队，两队人马互相前往对方的基地夺旗，先夺得对方旗帜并带回己方基地者获胜。游戏过程中，一旦参加者到达对方区域，对方队员即可采取徒手拍打的方式防御，被拍到者出局。——译者注

有人高声欢呼，还有人挥舞拳头，但戈登的整个身体蔫成了一个“C”字，仿佛脊椎变成了橡胶管子。不用跳方块舞对我当然是好消息，但我不禁还是有点同情戈登。

我给奈尔斯使眼色，但他的注意力全放在了代课老师身上。他无疑早就知道上课内容发生了变化，兰伯特先生肯定会事先跟他说清楚的。

“获胜队伍，我保证，会获得额外加分。” 阿姆斯特朗教练说。

我不知道他是否有权限这样做。不过，我现在的确需要所有加分。有了加分，我甚至可能不用打进方块舞八人名单就能拿到 A。傅立，我来了！就算这位代课老师是个傻瓜，索尔登教练应该也不会收回他给我加的分数吧。我必须赢。

如果我能和布雷克、奈尔斯一队，这事就板上钉钉了。我跳起来越过其他同学寻找布雷克的身影。他瞥了我一眼，低下了头。一定是马库斯先找他了。即使是我们小的时候，在我们打球的第一垒，布雷克也从来没有回避过我的眼神。我爸爸说过，棒球运动里有一条不成文的规定，接球手永远要和投手一条心。

我像头伺机而动的犀牛，在人群中悄声喊道：“嘿，布雷克！”我知道他听到了，可他还是把头扭向了另一边。如果布雷克无视我，那棒球队的其他人也一样。我只能靠自己了。

阿姆斯特朗教练走在前面，一只手在头顶上挥来挥去，吆喝道："进军！进军！进军……"感觉像是橄榄球口令和行军命令的自创混搭。

我追上了奈尔斯。"你知道今天的事吗？"我问。

"嗯，兰伯特先生今天早上问过我，能不能参加夺旗游戏。"

我恼怒地咕哝："下次你能不能提前告诉我一声啊？"

"我还以为你会感到高兴呢。"他说。

这一点他倒是没说错，而且我以前也从来没要求奈尔斯把兰伯特先生提前通知他的事告诉我。"嗯，我是该感到高兴，只要赢就行了。"

我们绕到体育馆后面，沿着小路走到一片空地。这里以前是射箭场，后来有人不小心射中了一种濒危的山鸡，结果这片区域不再允许射箭，被改成了童子军营地和夺旗比赛的场地。场地中央有一小片开阔的空地，四周被巨石和常青树包围，看上去是完美的战场。

阿姆斯特朗教练按行进的节奏继续高声吆喝："进攻、防守，进攻、防守，进攻、防守……"

和布雷克组队是没戏了，不光如此，分在哪一队也不是我能控制的。我被分在一队，而安迪和布雷克、萨曼莎、乔丁被分在了另一队。不过，至少我还有奈尔斯。

“我在规则上做了点调整。”阿姆斯特朗教练举起一面红旗和一面蓝旗。“每面旗子的末端绑了一个网球。所以，小家伙们，这就变成了一场传球比赛。”他模仿了一个长传的动作，“注意听我们的新规则！如果你抢到了对手的旗子，可以直接传给队友，这考验你们的团队合作能力。谁被对方队员触杀出局，就要被关进‘监狱’。第一个拿到对手旗子并且带回到自己领地的队伍获胜。现在给大家三分钟时间，两队分别藏好你们的旗子，预备……开始！”他吹响哨子，把旗子扔向两边。

安迪朝我挥了挥手，然后和乔丁一起跑开。奈尔斯、戈登和我向我们这一队的领地跑去，寻找合适的藏旗地点。佐拉坚持认为应该把旗子塞在石头缝里，这样对手很难挖出来。还有一个孩子浪费了宝贵的二十秒想了一个完美的计划，要把旗子藏在他的运动短裤里，然后趁没人看见的时候扔掉。奈尔斯举起了手。

“奈尔斯。”我示意他说话。

大家都靠了过去。

“他们可能会从那里、那里，或者那里进来。”他先指了指领地中间的位置，又指了指另一处道路，最后指了一条狭窄的通道，那条通道我甚至都没注意到。“所以，我们不能把旗子藏在这三条线路上。”

有那么一阵儿，大家都一言不发。

“就是说，”他补充道，“我们应该把旗子藏在从这三个入口进来时都看不到的地方。”有几个人终于明白了，纷纷发出“啊”“哦”“对对”的附和声。

“那应该藏在哪儿呢？”佐拉转动着骨瘦如柴的身子东张西望。她转得太快，看起来就像髋骨脱了臼似的。

奈尔斯指了指我们身后凸出地面的几块小石头。预备哨响起，还剩下一分钟了。

我拿起蓝旗，奔向奈尔斯说的地点。大约一半的人甚至都不关心比赛，只是跟在我们身后跑进了树林。唯一的慰藉是，我知道对方队伍里的情况也差不多。

要想赢得比赛，我就需要制定策略，让跑得最快的人去对方领地夺旗，让跑得最慢的在后方防守，然后把剩下的人当作诱饵分散在领地四周。

奈尔斯跑得比我快，但在这样的比赛中，大家会又跑又叫，指望他往人群里面冲，可能会给他带来压力。见他远远地站在那里，我离开众人，跑了过去。

“你怎么想，是去夺旗还是留在后方？”

“我还是留在后方吧，安静一些。”他点了点头。

“那你拍人没问题吧？不行的话，我再想办法。”

“总比被人拍好。”他笑了，“好了，就这么办吧。”

“太棒了，凭你的速度，准没问题！”他快得像一架人形喷气式飞机，谁都别想躲过他。

大家还都挤在一起。“佐拉、奈尔斯，你们两个守卫边关。戈登，你留在核心位置保卫旗帜。”

戈登把手掌按在胸前：“我能夺旗的，卢佩。给我一个机会吧。”

我有些不忍。毕竟，我刚刚才为自己的粗鲁向他道过歉……可是，现在不是让戈登通过进攻来证明自己的时候。我需要赢下这场比赛、获得加分，让他跑进对方的领地去夺旗，我有些信不过。

“我们需要你保卫恩多*森林。”我指着周围的树说，“你是保护魔法宝藏不受邪恶半兽人攻击的最佳人选。”

他困惑地歪了歪头，然后举起双手。“好吧，如果你觉得这样最好的话。”戈登说着，闷闷不乐地回到旗子旁。

奈尔斯站在防守第一线，双手叉腰，双腿像相扑手一样叉开深蹲。他闭上眼睛，开始自言自语。我知道，这是奈尔斯在格斗前用来“进入状态”的冥想技巧。佐拉瞥了他一眼，深吸一口气，闭上眼睛，做起了同样的动作。

有个叫贝卡的女生是练田径的，和另外两个男生站在我周围。他们别无选择，虽然在走廊里他们从来都装作不

---

* 恩多，《星球大战》中的一颗星球，是第二死星的秘密修建处。——译者注

认识我，但我们都知道，现在必须团结一心。

“我们四个一起冲进去夺旗，怎么样？”我问。

“无所谓。”贝卡耸了耸肩。

“我们的速度必须要快，”我继续说，“他们可能会派布雷克来。要我说，我们还是分开行动的好。如果我们能冲进他们的领地，只要有一个人夺到旗就可以。有了新规则，我们可以把旗子互相扔来扔去。”

两个男生点了点头。

贝卡对着我们的领地上几个没分配到具体任务的同学大声喊道：“用巨石做掩护！见到敌人就拍他们！”

哨声响了。我们四个冲了出去，分头出击。另一队也有同样多的人冲向了我们这边。

我第一个冲过了他们的防线。现在，我只要小心别被触杀。

刚一跑进敌方领地，安迪和乔丁就朝贝卡和我扑来。我们一闪身，躲开了她们的进攻。我再回头一看，她们已经触杀了另外两个男生，把他们带去了“监狱”。

在我正前方，布雷克正躲在一棵大树后向外张望。他看到了我。他竟然不是负责夺旗的跑手，这只能说明一件事——布雷克是守旗人。他像美洲狮一样眯起眼睛看着我。我知道这个眼神，在球场上，只要投球数是两个好球、零个坏球*，他就会用这种眼神威慑击球手。他完全被自己的情绪掌控了，我已经知道怎么打败他了。

我转向一边，假装绕开他，却对贝卡喊了一声，指了指布雷克站的位置，告诉她旗子肯定就在那附近。布雷克丢开旗子开始追我。正中下怀。

我故意让他追过来，然后跳上一块巨石，从上面翻下去，又折回来跑向他们的旗子。贝卡遭触杀，正被送往“监狱”。我没有后援，只能靠自己了。不过，现在也没有人守卫他们的旗子了。

布雷克刚刚站过的地方，泥土中露出了红旗的一角。他们居然违反规定，把旗子埋进了土里。但这已经不重要了，布雷克的呼吸声和脚步声距离我只有几英尺远，我朝旗子冲了过去，十秒钟后，我用手指捏住了它。

我四处张望求援，但三个跑得快的队友都被关进了“监狱”，我一个帮手都没有了。

我看向我方领地，忽然看到了戈登。他正以最快的速度冲刺着来接应我，但仍然隔着很远。他瞪大了眼睛，张牙舞爪地喊道：“在这儿，卢佩！”

他完全放弃了守卫旗子的职责，留下奈尔斯和佐拉守

---

* 这是一个关键时刻。若投手下一球投出好球，则对方击球手三振出局。——译者注

卫被他放弃的旗子。他的眼神和之前一样孤注一掷，仿佛在告诉我，他只是想要一个机会。

如果这就是他想要的……

我只能靠他了，布雷克已经追了上来。

如果我被布雷克触杀，一切就都结束了。

“触杀！”布雷克喊道，他晚了一步，旗子已经从我手中飞向了戈登。

布雷克扑了过来（也是违反规则的），我重重地摔倒在地。幸好，地上长满了青苔。我顾不得其他，赶忙爬起来查看进展。

戈登把胳膊举得老高，如同在指挥一支乐队。他迈着小碎步，两条腿简直像绑在了一起。虽然姿势不好看，但没有人堵截他。他可以做到的！他回头瞥了一眼，嘴巴张得老大，下巴挤成了三层，最下一层甚至碰到了胸口。然后……在方圆二十英尺内没有任何干扰的情况下，戈登的两条胳膊忽然抡得像风车一般，身体前倾，两只脚好像搅拌机齿轮一样旋转缠绕。他脸朝下摔了个嘴啃泥，手里仍然抓着旗子。

萨曼莎从容地慢跑过来，那双闪闪发光的运动鞋好巧不巧地踩住了戈登的胳膊。她低头盯着戈登，那眼神仿佛是赤脚踩到了一只蟑螂，然后从戈登手中夺走旗子，高喊了一声：“我拿到了！”仿佛是回音一般，在我方领地上的一棵树后，有人喊了同样一句话。

乔丁从树后现身，手里握着一面蓝旗。因为戈登擅离职守，所以她找到了一条路溜进去。

乔丁像只瞪羚一样冲向奈尔斯。奈尔斯好像海中被唤醒的哥斯拉怪兽，从深蹲的姿势中慢慢站了起来。说时迟那时快，乔丁刚经过他身边，奈尔斯一跃而起，凌空飞跃，仿佛电影里的情节，手如箭头一般点到了她，身体垂直落于地面。我们那一队传来胜利的欢呼声。

然而，就在奈尔斯跳起来的那一刻，乔丁已经迅速将我方的蓝旗投向了他们的领地。阿姆斯特朗教练没有吹哨，也就是说，比赛还在继续。那位一身黄色运动服的代课老师笑得像一根得意的香蕉。

我的目光追随着蓝色的旗子，看着它在空中高高地飞过，稳稳落入安迪手中。

太迟了。奈尔斯离得太远了，根本追不上她。

安迪一边跑一边挥舞着我们这一方的蓝色旗子。只用了戈登摔一个跟头的时间，她就从中线跑回本方前线。最终，安迪把旗子插上了他们的领地。萨曼莎和乔丁冲上去和她击掌庆祝，欢呼声在田野和树林间回荡。

安迪满脸笑容地跑向我，汗水顺着她的脸颊滴下来。

她在我的鼻子上轻点了一下。

第十二章

你是不是在利用身边的所有人？

“对不起，卢佩。我压根儿就没多想。”安迪说。

“那还用想。”我径自离开夺旗比赛的灾难现场，头也不回地冲进拥挤危险的走廊，甚至没有放慢脚步，“我已经够惨的了，你就非得再羞辱我一下。”

“你真这么想？”她停在教室门口说。

我上前一步。“是，我就是这么想的。而且我还觉得，你……”我的脑海里闪过她与萨曼莎、乔丁击掌的画面，我伸出手，点了点她的鼻子，动作却比平时重了一分，“你找到了新组织。”

安迪双手叉腰，鼻翼扇动。我从没见她这么生气过。

如果我对她更坦诚些，告诉她我有多想念爸爸，告诉她见傅立对我多么重要，她或许就会记在心上，会帮我赢，帮我获得加分。我心在狂跳，但却眯起眼睛，抬起了下巴。是她先去讨好乔丁和萨曼莎的。

“你知道吗？”安迪说，“你是个牢骚满腹、自私自利的家伙，卢佩。”

“我自私？是你非想在新朋友面前臭显摆，是你刚才赢了那个蠢透了的比赛吧！”

她的脑袋周围包裹着一团雾气，要么是大冷天里跑步跑的，要么就真的是气得耳朵冒烟了。

“你一门心思只关心自己那些可笑的抗议、使命，”她说，“我甚至开始怀疑，你是不是在利用身边的所有人来达到自己的目的。”安迪的脸色突然阴沉了下来，“你有没有想过，其他人也有自己需要面对的问题，也需要好成绩？”

我猜她指的是她和她妈妈之间的事。可是，她和妈妈的关系又不是眼下能转变得了的，而我要拿到 A 去见傅立可是迫在眉睫呀。

“我还以为你愿意帮我拿到 A 呢。”我说。

她双手叉腰，挺起了胸膛：“别忘了，你妈妈可是老师。她完全可以找关系帮你，我们其他人可没这个条件。”

我眯着眼睛，上前一步：“当年你尿裤子的时候，是谁在掩护你？忘得可真快！”我并不想说那么大声，但意识到的时候已经太迟了，有几个同学听到了，转身大笑。

安迪也朝我迈了一小步："至少我没有球员休息区和男用护裆的臭汗味。"

现在换成我怒火中烧、鼻翼扇动了。我知道我该停下，可是……"我妈妈去找老师谈话又怎样，你呢？你甚至都不敢跟你妈妈当面说清楚。我会努力打进职业棒球联盟的，而你，你就接着踢足球、学编程，讨你妈妈的欢心吧。"

安迪垂下双手，眼睛盯着地面。她甚至没有再看我一眼。

一个丸子头女生幸灾乐祸地笑了一下。然后，四周突然变得十分安静。

当安迪再次抬起头来的时候，脸上的表情就像一只被人遗弃的小狗。

同学们仍在围观。我为什么不收回这些话呢？安迪已经在抠指甲了。

我没有动，沉默的时间似乎太长了。

"那好吧，卢佩，去找一个新的好朋友吧。"她说着，把我送给她的生日礼物——那件猫头鹰 T 恤扔在了地上。

奈尔斯踉跄着后退了几步，重心在左右脚之间摇晃。我感觉更糟了。

安迪跺着脚走进了她的教室，只剩下我和奈尔斯尴尬地站着，一言不发。

我刚才做了什么啊？

我的后脖颈突然火辣辣的，下巴开始颤抖。我咬着脸颊内侧，试图镇定自己。奈尔斯和我久久地在走廊里站着，一直站到他不再摇晃、我不再发抖为止。等待有助于奈尔斯平复情绪，也给了我一点时间反省自己到底都做了些什么。

预备铃响了，奈尔斯推了推我。“卢佩？”

我没有看他，生怕在他面前崩溃。他开始翻背包，迅速从里面掏出一样东西，拆开，举到我的嘴边。一缕诱人的香气飘进了我鼻子里。

“这是什么？”我刚咬了一口，浓郁的甜香立刻溢满口腔。

“黑巧克力，非常管用。”奈尔斯轻轻地拉了拉我的胳膊肘，我们默默地走进科学课教室。

教室里很暗，我的眼睛过了一阵儿才适应。但我由衷感谢这黑暗，好让人看不到我的脸。巧克力的确很有效。

朗格伦先生要播放一段视频，内容应该不会像他讲课那么无聊。

戈登站在我们的实验台边，双手托着腮。“对不起，我搞砸了比赛。”戈登说，“还不太适应这个。”戈登指了指脚上的新运动鞋。

我的注意力全放在了比赛上，完全没有注意到他今天穿了一双全新的荧光绿网球鞋。我想起那次早餐卷饼呕吐事件，如果说连我的鞋子上都溅到了一点，那他的鞋子肯定完全报废了。他扑通一声坐在椅子上，大口喘着气。

我从没见戈登这么沮丧过。我知道他想派上用场，但我不知道夺旗比赛对他那么重要。他的护目镜上蒙了一层水雾，又加上他的脸上原本就有一些红色斑点，所以我也无法确定，他是热得喘不过气，还是在哭。都是因为我，本就糟糕的一天变成了彻头彻尾的灾难。戈登看上去比我还要狼狈，而我毕竟还跟安迪闹了一场。

我凑过去看他。“下一次，我们尽量跑快一点儿就好。”怎么又说了这么一句？我连安慰人都做不好。虽然我们的关系不是很亲近，但我还是拍了拍他的肩膀。“我知道你很想赢，但真的没必要太难过。只是一个游戏而已。”

戈登抬起头，护目镜上方的眉毛皱了起来。“啊？”

“你不是在为夺旗的事不开心吗？”我问。

他哼了一声。“当然不是。我参加哪个队，哪个队就输，我早习惯了。”

“哦……”

戈登的鼻子堵了，改用嘴吸气，漏风的门牙擦着下嘴唇，发出抽泣般的声音，根本没法在看视频的时候保持安静。屏幕亮了，投影仪打出了一行标题：“我是一枚小夸克——亚原子粒子的自白”。

“那是为什么，你想谈谈吗？”我说。

“是我奶奶……”

“哦，不。你奶奶出事了？”

“是的，”他用袖子擦了擦鼻子，“你能想象到的最糟糕的事。”

我还以为安迪的事已经够糟糕的了。哦，可怜的戈登。“我很抱歉。那你为什么还来上课？你应该和家人在一起啊。”

他看向我：“为什么？”

“难道你奶奶没……呃……没去世吗？难道是病了？”

“没有。”他站了起来，演话剧一样地后退了一步，“比这更糟，她交了一个男朋友。”他两只手抓住铅笔两头，想把它折断，但没有成功。他叹了口气，把铅笔扔在了实验课本上。“她昨天晚上带着那位去了老年中心跳舞，没带我。还有更糟的，佐拉不肯放学后和我一起练方块舞。她说信不过我，认为我随时都会吐。这真是有史以来最糟糕的一个星期。”

“原来你奶奶坠入了爱河，我真替你难过。”我说，“不过我想，这也不一定是坏事。”我不知道还能有谁比戈登对方块舞更热情，他可能真的会是个完美的舞伴。既然佐拉不肯跟他跳舞……

“为什么不是坏事？”

“你之前说得对，咱们俩搭档会跳得很棒的。”我说，“我做你的舞伴怎么样？”

“那佐拉怎么办？”

“我愿意和你一起练跳舞，她不愿意。我们可以告诉教练，佐拉不肯履行舞伴的职责。”

戈登前后晃动脑袋，好像一只准备过马路的乌龟。“我不知道……”

我把佐拉“绿妖精”外号的由来告诉了戈登，但他似乎并不怎么在乎鼻屎的事。用什么理由最能打动他呢？也许安迪说得对，我的确在利用别人来实现自己的目的，但我这不也是在帮助戈登吗？

“想想看，你一直想证明自己也擅长某件事。而我呢，正好需要一个能助我登上鲑鱼节校庆舞台的舞伴。”我说，“我们这周末就可以开始练习。”

他的眼睛一亮。

“今天放学后我要参加这学期的首次棒球训练。不过晚饭后，你可以来我家练，无限量零食供应。”

他终于笑了，朝我竖起了大拇指：“好吧！不过我的胃黏膜还需要时间修复。你们家有富含益生菌的零食吗？”

真是惊心动魄的一天。不过，我现在有希望和戈登跳舞了。

第十三章

障碍会让我们跳得更高

第一次棒球训练真是糟透了。

昨天那场雨弄得红土场地湿漉漉的。粉笔线结成硬块，已经发灰了。刚割过的草坪完全被泡透，没有了草地的味道。

我们的新教练叫弗兰基，一上来就逐条列出了他的“郑重声明”：

1. 错过训练三次，立刻失去赛季首发资格。球队参加比赛的机会不多，所以这非常重要。只有首发球员才能在最重要的比赛中上场。（我想不出还有什么比把一号投手位置让给马库斯，还要听他自吹自擂更糟糕的事。哪怕我感染了埃博拉病毒，也不会错过任何一次训练。）

2. 不许用金属鞋钉。

3. 必须戴认证合格的击球头盔。

4. 强制要求：穿戴男用护裆。

听到最后一条时，我举起手，告诉教练，我上次检查过了，发现我不用戴那个东西。教练的脸微微红了一下，但没人跟我一起笑。很显然，布雷克和马库斯已经把我的事告诉了所有队员。

弗兰基教练还认为我们需要把体能水平提高一个档次，所以每次训练前必须跑一英里。一般情况下，我和布雷克会一起领跑。但今天，他故意落在了后面，而其他人也没有看我一眼。于是我只好一个人往前跑。

第二圈跑到一半，布雷克打破了沉默。“多亏了卢佩，”他在后面喊道，“这下子我们连运动会都没有了。”

“我妈现在天天逼着我和她跳舞，这都是卢佩的错。”马库斯说。

我边跑边背过身来：“这怎么是我的错？方块舞又不是我发明的。”

他们撞过我的身体继续向前。有些事，根本不值得解释。现在就算布雷克或马库斯戴棒球头盔长了虱子，也会赖上我。我退到队尾，就这样跑完了全程，开始今天的训练。

没有人提前遮盖投手丘，投手板前积了一个小水坑。我踢踏着清理了一番，泥水渗进了我的钉鞋里。开始投热身球了，我每投一球，布雷克都把棒球手套偏向一边。但我还是次次稳进好球区。

马库斯慢悠悠地走到击球区，抡着球棒敲打钉鞋底部，其实鞋底这会儿根本没什么结块的泥巴。布雷克把接球手的面罩推了上去，对马库斯耳语了几句，两个人都笑了。布雷克眯起他那双美洲狮的眼睛看着我。

我听见了爸爸。就在我身后，在投手丘上。**不要让他们激怒你**。我知道这声音不是真的，但还是冷静了下来。

布雷克示意投快速球。

我投了一个中路快球，马库斯挥棒擦到了球，球飞出了界外。

要和接球手保持默契。

爸爸总这么说，但他不知道，接球手现在并不站在我这边。

不一定要投最高的球速，想想莫耶。爸爸的声音继续说。我以前听他点评过这些球员，和傅立、兰迪·约翰逊以及其他几位投手一样，杰米·莫耶位居西雅图水手队史上最好的投手之列。他的球速不是最快的，年纪甚至也很大了，但他聪明，投的是一手致命变速球。

布雷克扔回球，故意高高地丢向我的左边，我用尽力气一跃而起，才勉强够到了球。

他竟然有胆子示意我继续投中路快球，那他今天最好戴齐了护具。我用力投出内角球。马库斯又一次挥棒，没有击中。布雷克勉强捞住了球，看了我一眼。

我耸了耸肩。我知道他们在给我下套儿，只是还不知道布雷克是不是怀疑我已经发现了。

第三个球，我通常会浪费一只快速球，投到好球区的一个边角之外，看看马库斯会不会被骗到。但多亏了本应站在我这一边的布雷克，现在，马库斯应该在等着那只坏球了。我把手指夹成快速球的握姿。

*把身体重心压在投手板上。*爸爸说。

我踏上投手丘，钉鞋顶在前面，用脚掌保持平衡。

别让他们看到你的牌。

我把握球的手探进手套里，拇指和食指围成一个圈，中指下压抵住球中心，模仿着莫耶当年那样。

布雷克把手套移到好球区的外角，我就知道。他在示意我向外角投快速球，真的以为我没注意到马库斯正在向本垒板移动吗？我点了点头，脸上不露一丝痕迹。

我不再理会他们，只在心中认真倾听爸爸的声音。现在是两个好球、零个坏球。*好好想想，卢佩，控球和配速一样重要。根据对面的击球手选择你要投的球。*

马库斯是个不错的击球手，但他只喜欢拉打。外角低球，我在心中回答爸爸。我后退一小步，站稳重心。

*投球要深思熟虑。*爸爸的声音传来。

收到。我把手高举过头顶，确保对方看不到我的握球动作，然后弯下腰保持平衡。

爸爸的声音十分清晰：**有了**。

我投了出去。

他们完全没料到……这一发圈指变速球的速度至少比上一投慢了 10 英里 / 小时。马库斯挥棒打空，一秒钟后，我的球才沿着低位外角穿过本垒区。就连布雷克也猝不及防，不得不多做了一个拉臂动作来补救，结果球还是掉了。他胡乱把球捡了起来。

“怎么回事！”弗兰基教练喊道，“布雷克，你得和投手保持默契。”

他们俩心中有愧，甚至都不敢瞪我一眼。不过如果他们真的看向我，就会发现我正对着他们咬牙切齿。

我仍然是一号投手。他们不会击垮我的，他们这么做，只会让我变得更优秀、更强大。

* * *

我回家匆匆冲了个澡，几乎没时间擦干净脚踝上的一圈圈红土，就跑到门口迎接戈登的到来。他朝我深深地鞠了一躬，直起身时，那张花栗鼠般的脸上溢出了笑容，眼睛眯成了两道缝。换作其他时候，我可能会觉得他很傻，但发生了和安迪……还有整个棒球队的这些事，我有点想给戈登一个拥抱。

我也朝他鞠了一躬。只要教练同意我们俩成为舞伴，这番周折就值得。

意料之中，戈登没有理会我给他准备的可可椰子酸奶棒（富含益生菌）。我们俩吃光了奇多薯片和青柠果冻条，我尽量不去想象万一戈登跳得太投入，它们会不会又从嘴里喷出来（以及那会是什么颜色）。之后，我们布置好客厅，用旧电脑扬声器大声播放《稻草里的火鸡》。

我们面对面，手牵着手。戈登正式鞠了一躬，好像我们要跳的是华尔兹而不是方块舞。我也迅速地回鞠了一躬。我们先绕弧线，接着齐步行进，然后轻点脚跟，轻点脚尖，再齐步行进。戈登向右转，我向左转。一切都很顺利，接着……

戈登突然张开一只胳膊，把我罩在腋下。

“戈登！常规动作不包括这个。”

他更加夸张地舒展开腿和胳膊，张开手指，摆出一个爵士手的动作。“这叫作花细动作。”

“花式动作？”

“对对，花细动作。”他举起双手，作天鹅展翅状，引颈仰望天花板。“奶奶说，伟大的舞者之所以伟大，不是因为高超的舞技，而是因为他们那澎湃的激情。”

“可跳舞总有规则啊。”我说，暗暗希望我们俩不会因为戈登的即兴发挥而被扣分。

“规则都是可以商榷的。卢佩，如果我做你的搭档，我就建议你学习一下这些花细动作。”他一边说，一边托着我做了个下沉步。

我的心也跟着一起沉底了。但我已经是穷途末路了，如果说这就是拿 A 的代价，那我就吃点胃药，让戈登放手一战。

* * *

和戈登“花细动作”了一个周末之后，我整个人都有些头重脚轻。不过，能有戈登做舞伴，这点晕眩还算值得。

星期一，当索尔登教练开始享用第一杯晨间咖啡时，我步入了她的办公室。她放下她的星巴克咖啡杯——上面写着她的名字，不过不是“贝基”，而是“贝其”——清了清嗓子。我开始想象，如果我的名字被拼错，会被拼成什么样子。

“我开始觉得该在办公室里给你放张桌子了。是不是也想来杯咖啡？”她问道。

似乎比我想象的要顺利。成年人平等讨论问题时，常常会一起喝咖啡。我四下看了看，并没有看到别的咖啡杯。“可以吗？”

“不可以。”她笑了，好像刚讲了个很高明的笑话，“你要是渴的话，饮水机在那儿。”她指了指那台“公共口水交换机”。

“不了，谢谢。”我说。

戈登还没来。不是说好了7:54准时碰头吗？我们只有不到六分钟的时间来要求更换舞伴。时钟嘀嗒作响，现在已经是7:56了。

“我猜猜看，你这一次来，是不是为了那个没有性别限制的方块舞请愿？”她问道，“我觉得你的请愿有道理。如果我当年能……”她的目光看向别处，好像看到了什么我看不到的东西。终于，她摇了摇头，仿佛擦去了一幅蚀刻素描画，“这么说吧，这一次我觉得你做得对。”

“严格来说，这项政策要到明年才会开始实施，”我说，“您怎么知道是我？”

教练歪了歪头，面露微笑。她就是知道。

“不过，我找您并不是为了这件事。”我的目光扫过窗外的操场，仍然不见戈登的身影。

“哦？”她放下了杯子，“那我可要洗耳恭听。说吧，又是什么锦囊妙计？”

7:57。不能再等戈登了。“假设某人对自己选择的舞伴不满意，能不能换一个呢？”

“不能。”她毫不犹豫。

“但是教练，如果他的舞伴对方块舞不太热情呢？”

她大笑起来：“真的？想不到，原来这个凭一己之力改变了拥有八十年历史的方块舞课程的女孩，竟然是出于高涨的热情！”

她戳到了我的痛处。计划泡汤了……我瘫坐在椅子上。

“听着，卢佩，生活中总会遇到这样那样的障碍，但这些障碍会让我们跳得更高。”教练突然开始专注地抠着咖啡杯杯口，“即使是像方块舞这样有趣的项目，也总会有人落单的。”

我眯起眼睛看了看她抠的位置，那里什么污渍也没有。

“卡尔的事我很抱歉，”她说，“真的不在我的计划当中。”

“那当然，教练。没有人可以计划什么时候长出疣子。所以，现在我该怎么办？我可以去跑步，是不是？”但即使我每节课都从头跑到尾，也不可能拿到 A，更不可能见到傅立了。本来我有很大的机会成功，而现在却……“我能做点什么来获得加分吗？刮掉看台上的口香糖？擦去地板上的剐蹭痕迹？”

“想什么呢？你当然还是会跳舞的。我只是说，总有人会落单。”

“您说过，要拿到A，必须——”

教练打断了我的话：“哦，你还是可以拿到A的，但不能偷别人的舞伴。”

外边响起我的名字，好像一只小老鼠躲在稻草里尖叫。“卢佩！”

我朝尖叫声的方向望去。跑道的另一边，戈登挥舞着手臂，依然是双腿紧绑一般的跑姿。他甚至中途停下来，掏出午餐袋，倒出里面的东西，对着袋子吸气、呼气，平复呼吸。

教练站起来，对墙鞠了一躬。她开始又蹦又跳，好像文艺复兴舞会上的神奇独角兽，假装握着某人的手，和那个想象中的舞伴一起旋转。

我本来也不算很喜欢索尔登教练，但看到她这样自降身价，我还是觉得胃里一阵翻江倒海。

她终于停下了踏步，转向我：“听说过隐形舞伴吗？”

我感觉不到脚指头的存在了。

我甚至能想象得到，当我在体育课上对着空气行屈膝礼，大家会怎么嘲笑我。我从座位上跳了起来：“求您了，教练。我愿意每节课都跑步，每天跑步都行。”

上课铃响了，教练向体育馆走去。“你是个运动员。对运动员而言，强有力的学习意愿和强有力的肌肉同样重要。好好体会吧，毛丫头。”

她把我独自一人留在了办公室。我才不是什么毛丫头。我赌气地伸手拿过教练的咖啡杯，喝了一大口……然后迅速跳了起来，吐进了垃圾桶。好吧……也许我还没有那么成熟。

明明有那么多完美的运动项目，为什么一个运动员还要动用强有力的学习意愿去学方块舞呢？更何况还得是一个人跳舞。

第十四章

我知道你有多坚强

戈登、奈尔斯和我在食堂的老位置坐了下来。安迪走过，看都没看我一眼，直接坐去了足球社女生的那一桌，然后开始跟乔丁分享薯片。四年来，这是安迪第一次没和我一块儿吃午餐。

戈登一边吃东西，一边向奈尔斯解释，每每在学习一种新舞步时，他如何用数数的方式来跟上节拍。

“那我能用克林贡语数数吗？”奈尔斯一边问，一边把他那本新《护身符》漫画塞回背包里，全神贯注地看着戈登。

“用任何语言都没问题。”戈登开始用一种奇怪的语言数数。我猜这大概就是克林贡语：“瓦、查、崴、罗斯。”他咧嘴一笑，“瞧，管用吧？这就是音乐和舞蹈的美妙之处，任何语言都适用。”

紧接着，他们开始讨论“汤汤”和“班萨”之类的动物*，继而又聊到班萨的食草习性，我索性屏蔽了他们的信号。

我最好的朋友连看都不看我一眼。我第二好的朋友似乎有了新朋友。我的队友在生我的气。我还得在大家面前和空气跳舞。

事情不可能更糟了。

我敢打赌，纵观历史，每个人都至少有一次希望体育课彻底消失。我以前从没有过这种念头。但今天，我却热切地盼望发生地震、僵尸来袭或马桶溢水之类的惨剧。然而，下午第一节课还是来了。

安迪默默地换好衣服，始终背对着我。我又忘了带短裤，自然也不能找安迪帮忙。从学校借的运动短裤弄得我屁股痒痒的，我只好用力地拽了拽。倒不是说不愿意为了条短裤对安迪低三下四，只是比起短裤，我还是更想念安迪。这就是爷爷所说的人生教训吧。突然间失去了最好的朋友，不得不穿这种勒屁股的砂纸裤子——有点残酷，却也算是教训，提醒我不该利用别人，不该不顾他人的感受。我伸手拍了下她的肩膀，但她朝我翻了个白眼，砰的

* 《星球大战》中的外星动物。——译者注

一声关上储物柜，跑了出去。

“嗨，乔丁。”安迪打着招呼，跑进了体育馆，把我晾在了原地。

我环顾更衣室，突然意识到身边真的没有她了。我双臂环抱在胸前，默默地走进体育馆，内心感到无比孤独。

教练把我们分成五大组，每组四对舞伴。很自然地，我和萨曼莎、布雷克他们分到了一组。所有人和舞伴面对面站着，我是唯一没有舞伴的人。

这能有多难呢？我可是引体向上、折返跑和钉板攀岩的纪录保持者，所有这些不也都是我一个人完成的吗？

萨曼莎的目光瞥向我的短裤：“让我猜猜，这裤子是……好运牌的？”

我真想把手伸到身后，拉一拉紧巴巴的裤脚，但现在似乎不是时候。

音乐响起，几乎盖过了萨曼莎的声音。尽管如此，我还是清楚地听到她在问克莱尔，愚蠢会不会传染。

“搂紧你的舞伴！”和往常一样，伴随着音乐，扬声器里那个农夫高声吆喝。这声音回荡在体育馆里，在我听来格外刺耳。我瞥了一眼奈尔斯，他匆忙戴上了耳塞。布雷克和萨曼莎牵着彼此的手。我的胃里开动了搅拌机，幸好妈妈早饭从来不做卷饼。我像其他人一样伸出手，但却只能悬在半空中。我要假装握住那只不存在的手吗？好吧。我伸直手指，然后微微弯曲。萨曼莎和克莱尔看到我的样子，笑出了声。我只好又多抓握了几下，假装手有些酸痛，做了点放松动作。

今天的练习从齐步行进开始。我开始回忆昨天晚上和戈登跳舞的过程，为下一个动作做准备。我得把手举过头顶，原地绕上一圈。这个动作不光会让我看起来像个傻乎乎的、立在八音盒里的塑料芭蕾舞演员，还会让我的短裤吊得更高。

反正没有舞伴，就无所谓谁领舞谁跟舞了吧？如果我领舞，教练也不会介意，对不对？于是，我迅速跳到了男生那一边，向“舞伴”鞠了一躬，然后像其他人一样列队。班卓琴响了起来，大家一对一对步入体育馆中心，开始跳背对背互相绕着换位的舞步。由于无人牵手，我只能估量着距离和空气背对背。我撞到了克莱尔。

“瞧着点儿，笨蛋！”她骂道。

我伸出胳膊肘，绕着想象中的舞伴旋转，所有人都笑了。布雷克的脸抽动了一下。我知道他在生我的气，但他现在的表情还不如直接嘲笑我呢，他开始可怜我了。

口令员大喊了一声：“交换舞伴。”一个转身之后，我和萨曼莎跳在了一起。现在，轮到布雷克面对空气舞伴了。不过，他和我不一样，只需要坚持个几秒钟，他又会和自己的舞伴跳到一起去。不会有人笑他。

萨曼莎和我胳膊挎在一起，开始原地旋转。她轻盈地滑行着，双脚几乎不挨地板，我的脚却一下一下重重地敲击着地面。尽管没有太多时间来侮辱我，但她还是抬了抬挎着我的胳膊，嫌弃地捏了捏鼻子。

克莱尔笑了，下一次交换舞伴时，她也做了个同样的动作。

这个动作迅速流行开来，每次我交换到一个丸子头新舞伴，对方都会捏捏鼻子。

“听说她爸妈是在垃圾堆里捡到她的，”萨曼莎大声地说着悄悄话，“所以她才有股漏了尿的尿不湿味儿。”

口令员的声音再次响起：“女士们，先生们，交叉迂回绕圈。”

现在，我转到了奈尔斯和安迪那组的旁边。我知道，安迪肯定听到了刚才那些话。奈尔斯正伴着音乐用克林贡语数节拍。有戈登的数数大法，再加上耳塞护体，他应该没有留意到萨曼莎的恶语。

但克莱尔说话的声音太大了，周围的人想听不到都难：“肯定是科学实验出了问题，个子矮得简直不像人类。”

我已经学会了对恶意的评论充耳不闻，对恶意的人视若不见。然而，当我看到卡尔正低头刮着看台座位下的口香糖和干硬的痰渍时……

如果能让我患上足底疣，我愿意付出任何代价。

我甚至已经听不见口令员的声音了。恍惚间，我撞到了身后的人，踩了对方的脚。有人在尖叫。我转过身，萨曼莎正抓着一只脚跳来跳去，心疼地盯着地板上散落的珠子。

“这可是‘巅峰星辰’舞鞋！”萨曼莎跳起来收集散落到四处的粉色水晶珠，好像它们是钻石一样。

“站起来，平克顿！”教练喊道，“以后上课穿运动鞋。”

乐曲结束，我们重新编组。这一组的四对搭档中有戈登和佐拉。我又能呼吸了。虽然佐拉不是很喜欢我，但她至少不想置我于死地。

要是能和爱玩花式动作的戈登一起跳舞就好了，总好过现在牵着看不见的手，自己绊自己的脚。交换舞伴后，我和佐拉跳在一起。又到了互相挎住胳膊肘一起旋转的时候了。我绕到内圈时，不小心撞到了戈登，他一下子跌倒在地。我急忙把他扶了起来。教练往我的方向看了看，在记事板上草草地写了点什么。

最后一次编组，我又和安迪、奈尔斯一组了。奈尔斯嘴里念叨着“瓦、查、崴、罗斯”，专心数着舞步。这法子似乎容易上瘾，我发现自己也不由地默默数起舞步来。奈尔斯握着安迪的手，这说明他觉得和她在一起很自在。

扬声器里传来互换舞伴的口令。安迪伸出手，但看都不看我。她的手虚放在我手里，丝毫没有回握的意思。我还不如和湿拖把跳舞呢。

轮到奈尔斯和我的隐形舞伴跳舞了。他凭借戈登的数数大法完美地卡中了每一拍，再次换回舞伴时，却不小心踩到了安迪的脚。

“哎哟，奈尔斯！”安迪气呼呼地吼了一声，好像在训斥她的弟弟。

奈尔斯闪躲了一下。

我伸出手想拍拍他。不等我碰到他，安迪已经把手搭在了他的肩头，声音明显柔和了下来：“对不起。我脚趾上长了倒刺。”

下课了，他们一起念叨着“瓦、查、崴、罗斯”，一起开怀大笑。我的喉咙里仿佛哽了一块硬东西。

回到更衣室时，我心烦意乱，几乎又顺手把借来的短裤递给安迪。她依然背对着我。我听到乔丁在大谈什么足球训练后要吃一种名叫“阿萨伊碗”的巴西甜品。简直难以置信，我认识的安迪怎么可会把这些富含抗氧化物的健康食品当零食吃呢？

安迪重重地关上储物柜，走了出去。我得和她谈谈。

刚追了两步，我身后传来教练的声音：“卢佩，能跟你说句话吗？”她示意我到她办公室去一趟。

安迪一个人走入了主楼的走廊。

教练发现我喝了她的咖啡？我摆弄着背包，有点忐忑。

“不用担心下节课迟到，我会给你写张便条说明情况。”教练放下了记事板，用笔尖敲了敲板面，“没有你想象的那么糟，对不对？”

她哪儿知道有多糟呢？“简直生不如死。”我低声说。

“你是个坚强的孩子，”她说，“我们都明白，这些日子你过得不容易。”

我认得这个表情。爸爸去世后，大家就是这样看我的。所以我很确定教练指的并不是萨曼莎和克莱尔的事，估计她都没看到她们在课堂干了什么。

她草草写下我迟到的原因，然后从记事板上撕下便条，递给了我。“我知道你有多坚强，所以我相信，你一定能做到。”

第十五章

像链条一样牵成圆环

奈尔斯和我顶着蒙蒙细雨步行回家。我们互相踢着石头，咔嗒……咔嗒……没有人说话。我知道奈尔斯比我更善于倾听，但我从来没想过为什么自己就可以滔滔不绝地说个不停，而奈尔斯就该一直、一直、一直默默听下去。

从现在起，我要试着做个更好的倾听者，倾听我的朋友们。整整一天，我满脑子想的都是安迪的沉默……还有萨曼莎和克莱尔的恶语相加，以及……包括安迪在内的所有人如何无视我。没有人支持我。悲伤让我走得很慢，比平时更慢。

这是我最盼望和迪莉娅聊天的一天，但院子里却不见她的身影。

到家门口了。我们的石头弹到了水沟里。我弯腰去捡，却看到了另外一块石头，表面裹了一层泥。如果把这块石头放进迷你老鼠城，大小和形状都会十分完美。我捡起这块石头，擦去泥土，然后珍而重之地放进了口袋。

今天的一切都太糟了，我犹豫了一下，才开口问奈尔斯：“今晚一起看《神秘博士》吗？”真怕听到雪上加霜的回答。

“嗯……我正想和你商量呢，这个周末来一场马拉松追剧怎么样？”他说，“我们可以连着看好几集。”他犹豫了一会儿又说，“今晚……我又有别的安排了。”

我知道他在武术道场还有别的朋友，但他们都不住在附近，而且他以前也从来没有让这些人打乱过我们的安排。我咬住脸颊内侧，控制住下巴的颤抖。和安迪闹翻的时候我把那儿咬破了，刚刚愈合，这下子又要疼几天了。

“我会偷偷多弄些冰激凌。”他保证道。

“没问题。”我耸了耸肩，故作轻松地说着，头也不回地朝我家的车道走去。

在车道尽头，我停了下来，转身看着他的背影。他走到家门口，也停了下来，回身向我挥手。我想，也许每星期一的追剧之夜再也不会有了。

* * *

“爷爷奶奶要在咱家待多久？”保罗问，“我这些东西……”

妈妈把梅西·埃丽奥特的说唱换成了古典乐，又冲回厨房忙活，迎接与爷爷奶奶每月一次的晚餐聚会。“你们俩本来应该多去看看他们，他们会很开心的。”

“可奶奶只会呵斥我们加了太多酱油。‘啧啧’，”我模仿着奶奶的腔调说，“‘酱油倒得太多了！’”

保罗大笑起来。

“一点儿也不礼貌。”妈妈也有些忍俊不禁，“也不知道爷爷奶奶还能陪伴你们多久。”她说着画了个十字，吸了吸鼻子。

保罗和我没再说话，不等妈妈吩咐，就一起摆好了桌子。没人再提起酱油的事。

爸爸去世，爷爷和奶奶没有像妈妈那样痛哭，也不怎么提起。我知道他们就是这样的人，也知道他们的悲伤不比我们少一丝一毫。

“对了，”妈妈说，“你们最好换上感恩节的衣服。外婆今天也来吃晚饭。”

保罗开心地挥了挥拳头，去橱柜多拿出一个盘子。奶奶和外婆的厨艺大比拼今晚即将上演，我们将会享用史无前例的美味晚餐。

妈妈从冰箱里拿出一个洋葱开始切丁。祖父母们今天全都到场，这就是说，我们会用电饭煲为爷爷奶奶蒸白米饭，还会用另外一只锅给保罗和外婆炖加了洋葱、大蒜和西红柿的鸡肉浓汤。我则会每样都吃上一勺，以示公平。

几分钟后，一辆汽车驶入车道，前门传来了开门声。我探头望去，果然，奶奶带了一大堆好吃的——打算力压外婆。

奶奶放下袋子，拥抱了我，又拥抱了保罗。我们的脸颊都被她捏了一下，有点疼，但我知道这和拥抱一样重要。接着，她干净利索地把门口所有鞋子码放成一行。

爷爷端了一盘叫作“蛋挞”的中式点心，用奶奶那只青花图案的托盘盛着，外面包着一层保鲜膜。虽然奶奶从来不承认，但我们都心知肚明，这其实是她从中式点心店买来的。

我从爷爷手里接过托盘，他伸出胳膊搂了搂我。他的口袋里有包瓜子，是我们“一吐为快”的活动道具。爷爷第一次带瓜子来是在爸爸去世后。后来，每每我难过的时候他就会拿出来。我上中学后，他拿出来的次数就越来越多了。

奶奶把我从爷爷身边拉过来，又抱了我一下。“你看起来怎么跟个小子似的？钢琴学得怎么样？”奶奶问道。

“奶奶，我两年前就不弹琴了。您忘了吗？我现在得把注意力放在棒球上。”

她挥挥手，好像这么做能让棒球消失似的。“你真应该弹钢琴……”她的表情亮了起来，兴奋地提议道，“要么就弹古筝，那也很不错。”

妈妈咬着嘴唇，苦苦忍着笑。“嗨，科拉，很高兴见到您。”她走过来帮奶奶打开那些袋子，“您真不用带那么多菜来。”

通常我都会帮着妈妈说话，但她总是在去学校上班前疯狂地炖上那么一大锅鸡肉、冻豌豆，又倒上一大坨颜色暗黄、模样可疑的糊糊。不管奶奶带了什么来，都会比这好一百倍。

奶奶嗅了嗅厨房的味道：“你做的菜还是留给你和孩子们明天吃吧。”

“欧耶！”保罗欢呼道。

妈妈瞪了他一眼。

保罗忙清了清嗓子补充道：“我是说，我很期待明天晚饭的黄鸡汤。”

奶奶很有策略地把菜放在了我和保罗跟前，好像我们俩是评委似的。爷爷向保罗表演了一个硬币穿手的把戏。

奶奶在我身边的椅子上坐下，这样一来，她就能亲自给我夹菜了。

“卢佩，你能去车库再拿几把椅子来吗？”妈妈一边问，一边从碗橱里拿出了一个碗。

“为什么不叫保罗——”

“我正在汲取人生智慧呢。”保罗把胳膊肘支在桌子上，手托着下巴，对爷爷的把戏比以往任何时候都更感兴趣，“真有意思！”

我故意从保罗身边经过，低声透露：“他把硬币藏在拇指下面了。”

我打开灯，走到车库里头。折叠椅就放在爸爸钓鱼和露营的装备旁，紧挨着他的棒球包。他的手套摆在这些东西的最上面，好像一座纪念碑。

这不是什么亡灵节的祭台，但那堆钓鱼和棒球装备比旧照片、蜡烛和万寿菊更有爸爸的味道。

这也比中国的清明节更让我想念爸爸。清明节的时候，奶奶会带着我们去爸爸的墓地，烧各种纸做的东西，都是她认为爸爸在死后的世界中需要的。今年她烧了一座纸房子和很多纸钱。我偷偷带去了一套纸做的棒球和球棒，趁奶奶不注意，把它们连同一张西雅图水手队的赛程表一起烧了。

我拿起爸爸的手套和那块给手套上油的布片，盘腿坐在车库的地板上。布片上几乎没有油了，但我还是用它轻轻擦掉手套皮面上的尘土，又转着小圈擦亮了皮革。直到它看上去像是爸爸随时会拿起来练一会儿的样子，我才停了下来。我想把手伸进去，又犹豫了。手套是一件很私人的东西，戴别人的手套有点像侵犯别人的空间，因为明知道无论如何都不会合手。就连我自己的手套也需要经年累月体温和汗水的洗礼，才渐渐贴合。尽管如此，我还是戴上它，闭上眼睛，假装正在握着他的手。

我就这样把手插在里面，像枕着枕头般地伏在了手套上。

“卢佩。”一个温柔的声音在叫我。

我迅速坐起来，把手套放回原位。奶奶缓缓地向我走来：“你在干什么呢？”

她看了多久呢？我耸了耸肩：“我没注意时间，多待了一会儿。”

有那么一秒钟，奶奶瞥了一眼手套。她点了点头，拿起两把折叠椅，递给我一把。我们一起走进屋，在桌子旁摆好椅子。她没有再提怎么找到我的事，我暗暗感激。

我们计划 6:15 开饭。妈妈通知外婆 6:00 以前到，但现在已经 6:27 了，她还没有出现。看着奶奶做的蒸蛋，我馋得直流口水。

我们等待的时候，奶奶一直偎在我身边，抚摸着我的头。

五分钟后，大门外传来嘟嘟两声喇叭声，外婆终于到了。保罗和我立刻跳起来去帮她。当我们走近前门时，外婆飓风一样冲了进来。她抹去额头上的汗水，脸颊上还粘着玉米淀粉。保罗从她手中接过保温袋。她紧紧地搂了搂我，比爷爷搂得还要紧。

“站直喽，卢佩，”她月西班牙语命令道，又用手指戳了戳我的后背，我只好挺起了胸膛，“女孩子要为自己的波波感到自豪！别人才会觉得你很自信！”她把蛋糊果馅饼递给我，捧起我的脸，轻轻吻了吻我的嘴唇。

保罗笑道：“她可没什么波波，外婆。”

外婆和哥哥会毫不在意地公然谈论你的胸部，这可不是每个十二岁女孩能有的待遇。

外婆眯起眼睛斜睨着保罗，又使劲捏了捏他的脸颊。“你插什么嘴？你要是不把房间保持得干干净净，就没法给我添曾外孙子了！”

保罗完全蒙了，困惑地歪着头。

我用力抿嘴忍住笑。我现在终于知道，我那糟糕透顶的回嘴本事，究竟遗传了哪一位的基因。

“外婆，您这都说的什么乱七八糟的？”保罗抗议道。

“就是说你乱呢！”她说，“快把你的房间打扫干净！”她不顾保罗的挣扎，也上前吻了吻他。

外婆伸出手托起我的下巴。“记住，甭管波波是大是小，都要倍感自豪，我的宝贝儿。”

我低头看了看自己的胸部。显然，这一轮保罗赢了。

我把蛋糊果馅饼放在厨房的台子上，挨着奶奶的“自制”蛋挞。外婆和每个人打了招呼，又道了歉，唠唠叨叨地抱怨邻居挡住了她的停车位，然后是下雨，再之后是交通拥堵，最后还提到路上有个陷坑。

外婆匆匆洗完手，在桌子旁坐下，我们把她的玉米浓汤和玉米粉蒸肉端了出来。现在，外婆坐在我的右边，奶奶坐在我的左边，我变成了一块祖母三明治夹心。妈妈把手伸向两边，我们在她的带领下互相手牵着手。你一眼就能看得出，这是一大群多么不一样的人，但是坐在这里，双手像链条一样紧紧牵成一个圆环，我就觉得没有任何事能伤害到我们。

“保罗，感恩词。”妈妈说。

“上帝，感谢您让我们的祖父母们都超会做饭。无意冒犯。”他瞥了一眼妈妈，小声说。

他的脑袋被轻轻敲了一记。“哎哟，”保罗急忙接着说，“感谢您让蒙哥马利先生得了红眼病，让我的代数考试延期。请帮助卢佩平安度过青春期。感谢您赐予我们这顿美食。”

“保罗。”妈妈警告道。

“哎呀，对不起。”他再次低下了头，“阿门。”

妈妈和外婆同时叹了口气，在胸前画了个十字。爷爷和奶奶不信教，但他们还是恭恭敬敬地点了点头。

保罗一定是饿坏了，刚祈祷完，他就立刻拿起勺子往碗里舀玉米浓汤。

外婆微笑着拍了拍他的头："玉米浓汤就是魔法食物，一口下肚，疾病烦恼全无。"

"你现在有多重？"奶奶问保罗，"看起来太瘦了。"

"是啊是啊，太瘦了。"贝拉外婆表示同意。

妈妈放下筷子："他这是完美体形，才刚体检过呢。"

"唔。"奶奶把一只虾塞进嘴里，目光看向窗外。

外婆无视妈妈的回答，又往保罗的碗里舀了些玉米浓汤。

我在白米饭上放了一大勺蒸鸡蛋，又在墨西哥米饭上浇了一勺玉米浓汤，接着拿起酱油，在鸡蛋上滴了四滴。

"酱油倒得太多了，啧啧。"奶奶说。

保罗学着奶奶的样子眯起眼睛斜了我一眼，我们同时大笑起来。

"哎呀！"这一笑把奶奶吓了一跳。

我狼吞虎咽地吃完盘子里的食物，站起来要添饭。

"这么快就吃完了？"奶奶又伸手捏了捏我的脸，"我觉得你不用再吃了。看看你，可真没少吃。"

妈妈手里的虾掉在了盘子里。

外婆从我手里接过盘子，放回桌上，然后从自己的盘子里舀了一块粉蒸肉给我，拉着我坐下。我赶紧咬了一大口，生怕她直接动手往我嘴里塞。

我飞快地展示了一下胳膊上的肌肉。“吃得多是因为我得保持体力，奶奶。这个棒球赛季开始啦。”

外婆笑了，在桌子底下拍了拍我的膝盖。

奶奶一点儿也没压低声音：“打棒球又不赚钱。浪费时间。”

我砰的一声放下了筷子。她总说我胖，我就忍了（好像有些中国奶奶就是爱这么说），但她这么批评史上最伟大的运动项目，那可不行！

外婆坐得直直的。“棒球起源于墨西哥，这可是她血液里的运动。”她说。

保罗嗤了一声，依旧埋头苦干玉米浓汤。外婆瞪大了眼睛，紧抿着嘴巴。我有点感激她帮我说话。当然，她关于棒球起源的说法大错特错，但我可不会纠正她。

奶奶啧啧了两下。

两位祖母同时挑了挑眉毛，互不相让。

爷爷十分明智地没有说话，假装端详着四周的木质护墙板。

在我看来，这两位祖母唯一的共同点就在于，只要保罗和我身上有哪怕一点点不舒服，她们就会强迫我们在脚心和胸口涂抹维克斯伤风薄荷膏。

餐桌上变得十分安静。

外婆指了指我，奶奶则指了指保罗，异口同声地吩咐道："多吃点儿。"

我瞥了爷爷一眼，耸了耸肩，勉强挤出一丝微笑。

爷爷折起餐巾，放在盘子旁边，站了起来。"跟我出来一趟怎么样，瓜达卢佩？"他说，"我想给你看样东西。"

我从来没有这么感激过爷爷，立刻起身随他走出门。他在屋后的台阶上坐下，拍了拍身边的地面。我一屁股坐了下来，双手托着脸颊。爷爷从口袋里掏出那袋瓜子，打开了包装。

他打开包装的那一下，仿佛是打开了闸门，这一周以来发生的一切都倾泻而出。我斜过身子靠着爷爷，他搂住了我的肩膀。"你奶奶说话不太中听，但她是真心为你好，"他说，"这就是她的表达方式。"

"您是说，中国人的表达方式？"我说，"可是，她根本不去想我究竟想要什么。没有人去想，他们都只想让我变成他们希望的样子。"

"有时人们就是会这样，不去引导我们发现真实的自己，而是一厢情愿地希望我们成为一个并不真实的人。"他的话让我想起了方块舞。爷爷捧起我的手，在我掌心放了一小撮瓜子。"你是很多种存在。你是中国人，"他把一粒瓜子放在唇间，吐了出去，瓜子壳潇洒地飞了六英尺远，“也是拉美人。”

我不知道爷爷有没有听说过我六年级时抗议“只能选一个”的种族标签泡泡贴事件，知不知道我在学校里如何奋力争取两个泡泡贴。

“大家都认为他们知道我是谁、我应该喜欢什么、我应该怎么做……我真是烦透了。”我把手中的那一撮瓜子扔进嘴里。

“在学校不顺？”他问。

瓜子从我的嘴里一口气喷射出来。

“唔，我明白了。”

我擦去嘴角的口水：“我到现在都不明白这到底是怎么回事。我只是不想在体育课上跳舞而已，现在可好，每个人都讨厌我，而且我还是得跳方块舞，即使连个舞伴都没有。我真恨死了方块舞。”但我不想再深入下去，和爷爷坦言我为什么那么想见傅立。我不想让他觉得，有人能取代爸爸。

“知道吗？你推出去的力量有多大，反弹给你的力量就有多大。”爷爷把胳膊放在身前，缓缓地做了一个推手的动作。

我猜他也许是想让我和他一起去华人老年中心上太极课。

“遇到障碍时，抱着敌意去消灭它，和先接受它再化解它、克服它，是两码事。去克服它，瓜达卢佩。”

“可是爸爸说过，想要什么，就应该努力去争取。”

“确实如此。”爷爷说。

“我总是想，如果爸爸能再努力一些，坚持他的棒球事业，就不会去阿拉斯加捕鱼了。”我很庆幸嘴里没有瓜子，因为我突然哽咽起来，“那艘船沉没的时候，他就根本不会在上面了。”

爷爷的声音变得越发轻柔：“成年人的生活很复杂。你爸爸后来不打棒球，也是有很充分的理由的。”

我说不出话来。能有什么理由足够“充分”呢，即使他挣的钱很少，只要我们一家人在一起，就比现在强上一万倍。

爷爷又在我手里放了几粒瓜子。“不过，你要记住，没必要在一切事情上抗争，除非是有绝对充分的理由。”他说，“接受你无法改变的事情并掌控它，并不意味着你放弃了原则、接受了失败。这恰好是失败的反面。”

唉，爷爷的这番道理完全没法和我想要做的事捏到一块儿去。在跳方块舞这件事上，不去抗争，又如何能将它克服呢？

我用力吐出一粒瓜子，比爷爷吐出去的那一粒还要远两英尺。

"你还是个厉害的棒球手，是个充满力量的姑娘，"他又吐出一粒瓜子，比我那一粒又远了一点儿，"你还非常聪明……"他托起我的下巴，注视着我的眼睛，"但最重要的是，你相信自己是什么样的人，你就会成为什么样的人。"他叹了口气，垂下了眼睛，"我真该在你爸爸像你这么大的时候，就把这些话讲给他听。"

"我是个好投手，爷爷。"

"我知道。"他伸出棕黄皮肤的手，轻轻抚摸我的脸颊，"你会去职业棒球大联盟打球的。"

我看得出来，他深信这一点。我喉咙里那团疙瘩慢慢松开了。虽然这些对解决眼下的困境没什么帮助，但知道爷爷支持我、相信我，我就会觉得，无论发生什么事，我都可以挺过去。

他站起来，掸掉裤子上的灰尘。

我仍然不知道，接受不喜欢的事情并掌控它，到底是什么意思。听起来他似乎想让我接受方块舞，打进方块舞全国总决赛，或者干脆发动一场方块舞快闪行动。

当我们走回屋子时，奶奶正在放她喜欢的中国戏曲。她朝我眨了眨眼："你会喜欢这个的。"

我看向爷爷，他用手掩住笑脸，目光看向别处。我们俩回到餐桌边，和妈妈、保罗、外婆坐在了一起。

古筝的声音在厨房里回荡，奶奶闭上了眼睛，头向后仰，好像在呼吸新鲜空气。一个女人在“唱歌”，这是唱歌吗？简直比《芝麻街》里的埃尔莫模仿鲸鱼的叫声还要糟糕。难道她认为我的血液里也流淌着这个本事？

“很动听吧？”她轻轻舞动着手指，模拟着大海波涛起伏的样子。

“唔。”妈妈实在找不出词形容。

“唱得可不如维森特·费尔南德斯。”外婆大声说。我有点难堪，暗暗祈祷外婆没带她的草原音乐来。

这位戏曲演唱家的唱腔相当惊悚，我敢说附近一半的狗都听到了。

“听完这段，我们可以一起看一张京剧DVD，”奶奶说，“我带了一部《苏三起解》。”

外婆弯下腰去摸她的提包，嘴里不满地嘟囔着，我敢保证，维森特·费尔南德斯就藏在她那个大袋子里。

“不行！”我脱口而出，声音显得有些大。我完全能想象得出女囚苏三和墨西哥宽边帽老头一起号叫的情景。

每个人都看向我。

我压低了声音：“我今天有家庭作业。”说着，我在桌子底下踢了踢保罗。

“对啊，”保罗插话道，“我得复习代数。”

虽然才晚上七点，但我估计妈妈也已经觉得尽完了这个月做女儿和儿媳妇的职责。“我还有试卷要批改。”她嘟囔道——证实了我的猜测。

外婆又逼着保罗吃下一块玉米粉蒸肉后才放了他，这样他“以后就不会瘦得连重外孙子都给不了我了”。爷爷出去发动汽车。趁着妈妈帮奶奶穿外套、收拾袋子，我急忙溜回自己的房间，以免脸颊再次被长辈们捏个遍。

“我来说声再见，瓜达卢——”爷爷出现在我门口，话说到一半忽然停住，嘴张得老大，眼睛也瞪圆了，“等等，全都不对啊。”

“什么？是妈妈逼着我打扫干净的。你们来之前我把脏衣服都放到洗衣机里了。”

“我不是说这个。”他说着朝我的床走了过来，“床必须朝向东方呀。”

我拍了拍额头，顿时明白他想要做什么。

我的床就在门口，这样我推开门就可以扑倒在上面。而现在，他把我的床一直推到了房间后墙的中心位置。

爷爷又拿起我的仙人掌盆栽，把它放到了走廊里。“植物往往在夜间生长。所以……”他坚定地指着先前放仙人掌的地方，“它会在你睡觉的时候吸走能量。”他唠叨了几句关于我八字的事。整整三分钟，奶奶在外面不停地按喇叭，爷爷则对我的卧室问题侃侃而谈。

“这么调整算不上完美。”他说，“不过，难怪你先前诸事不利。现在好了，至少能安安心心地思考问题了，一切都会好起来的。”他朝我眨了眨眼，在奶奶的喇叭声中走了出去。

也不知道是爷爷的话、外婆的玉米浓汤，还是调整位置后的床起了作用，躺了十五分钟后，忽然间，我的思路真的清晰起来了。我想出了一个主意，也许真能解决问题。对呀！我以前怎么没想到呢？在墙上那张棒球新秀卡上，傅立正微笑地看着我。非常时期，就要用……

我站起来，重新扎紧马尾辫，打开卧室门，穿过走廊，在保罗门前停了下来。“他不会笑我的，不会笑我的。”我默念了两遍，说服我自己。

我敲了敲门。

“进来吧，土老帽儿。”他说，“不要捣乱。我正忙着呢。”保罗正拿着一个胸前粘了两坨黏土、头上披着金发的蛋头先生玩具。

我正想问他从哪儿搞来的金头发，转念想到这也许又会引出关于胸部的话题，于是改口说：“我需要你帮忙。”

“帮不了。人类目前还没有找到治疗丑陋的方法。”

“我是认真的，”我说，“这对我很重要。”

“什么事？”他扬起一边眉毛，眯起另一只眼睛，活脱脱一个“邪恶”科学家，“我可不会白帮忙。”

白天发生的一幕幕恐怖画面在我的脑海中闪过——踩

到克莱尔，撞倒戈登，毁了萨曼莎昂贵的舞鞋。

“我需要你和我跳舞。”

第十六章

假装你正在度过最好的时光

保罗放下手中的变装蛋头先生，翻脸了：“我不跳舞。”

“求你了，”我恳求道，“是方块舞。我需要拿到好成绩。”

“噢，是吗？你说的是赫克托舅舅的许诺吧？功课全A就能见傅立？是不是很好笑，你最擅长的体育课反而成了——”

“我知道！我知道。你愿意帮我吗？我需要练习。”

保罗不为所动，他不吃这一套。

我转身离开，走到卧室门口，又停了下来：“知道吗？这事你也有责任。”

“我有什么责任？”他抬高了声音问。

“你七年级学方块舞的时候，但凡回家说两句，我至少也能有个思想准备。你为什么要保密呢？”

他脸上露出了那天在食堂排队时被巴迪·特纳恶作剧扯下了裤子时的表情。电光石火之间，我明白了。

保罗也受过折磨。

他的眼睛看向别处。“那……那不重要。都是很久以前的事了。”他回头看着我，“你的舞伴呢？那天晚上在咱家和你练习的小孩，他去哪儿了？去逼他呀。”

“严……格来说，戈登并不是我的舞伴。”

“那你的舞伴是谁？”他问道。

我的胃里又像体育课之前那样翻江倒海起来。我甚至没法大声说话。

“哇哦，真够惨的。大家都找了舞伴，最后就剩下你一个人站在那儿？”他坐在了床上，“惨不忍睹。”

我把一本漫画书推到一边，扑通一声挨着他坐下。“谢了，我心里好受多了。”

“事情还可能更糟，”保罗说，“你知道乔伊·斯图尔特吧？”

我认识那个孩子。他和他的几个姊妹都患有某种罕见的疾病，没人和他们一起玩。“就是那个得了终身传染性痔疮的？”

“就是他，”他说，“在跳方块舞之前，他并没有这个病。”

“什么意思？难道他是在体育课上被传染的？”我简直不敢相信自己的耳朵。这么说，方块舞的确能引发疾病！

“什么？当然不是！”保罗举起双手，示意我冷静点，“你听我解释。是这样的，第一天上课，当我们要选择舞伴的时候，乔伊·斯图尔特扬言说，所有的女生都一样讨厌，所以，最后剩下谁，他就选谁做舞伴。”

“后来呢？”

“结果，音乐响起时，所有人都结成了舞伴，乔伊竟然落了单。于是，他准备在体育馆里慢跑。他有一个可笑的想法，如果没有人和他跳舞，教练就会让他跑圈，或者清理看台上的口香糖。”

我张大嘴巴摇了摇头，好像这是最愚蠢的想法。“那后来呢？”

保罗嗤了一声。“教练说，他必须得跳舞。一开始，他还和教练争论。后来教练说，如果不跳舞，她当场就算他不及格。”保罗的脸上露出了笑容，“乔伊只好一个人跳舞，一个人绕圈，一个人跟着队伍跳动作。”

“行了，行了。我知道那是什么样。”我示意他继续说。

保罗扬了扬眉毛。“后来，他撞了一个不该撞的人。”

“我不明白。”

“乔伊其实并不是得了什么终身传染性痔疮。”

“什么？但……但是……他们全家都有这个病啊。”

“根本没这种事，这是谣言。这个谣言是他在走菱形之字线路的时候撞到塞布丽娜·平克顿后才流传开来的。他撞坏了她藏在口袋里的手机。”

“萨曼莎·平克顿的姐姐？”我懊恼地用手捂住了眼睛。

“谣言无孔不入，”他说，“而这一次的幕后推手还是怒火中烧的塞布丽娜·平克顿，结果可想而知。”他拍了拍我的膝盖，“听明白没？你这还算好的了，情况还可以更糟。”

我脑海里闪过萨曼莎抓着脚乱蹦的样子，耳边响起了她愤怒的尖叫：“这可是‘巅峰星辰’舞鞋！”

事情已经比我想的还要糟了。

紧接着，一个念头冒了出来。如果出现某种传言，说我得了某种屁股上的病，那保罗也逃不了。

“那么……大家说乔伊全家都得了痔疮，背后的原因其实是他撞到了塞布丽娜？”我咂咂舌头，“我今天弄坏了萨曼莎·平克顿的漂亮鞋子，看来，她也要为我准备一份厚礼了。”

保罗突然露出一副急性肛周炎突发的表情。但他脸上还有另一种东西，我一时难以解读。他沉默了一会儿。

“卢佩，我这个人天性善良，不会让这种事情发生在你身上。”他说，“我们可以补救。不过，你可是欠了我一大笔。”

“你要什么报酬？”我问。

“我们可以稍后讨论这些细节。”他答。

尽管保罗跳起舞来真不怎么样，但我迫切需要舞伴，顾不了那么多了。“等等，你当年的舞伴究竟是谁？”我忽然想到了这个问题。

他像是被蜜蜂蜇了似的，身子缩了一下。虽然闭着眼睛，表情却有点失控了。

“告诉我吧。”我静静地说。我从没有这样温和地和保罗说过话。

他的声音有些刺耳：“塞布丽娜·平克顿。”

“什么?！你为什么要这么做，保罗？”

他一下又一下地拍着自己的脑袋，仿佛要把那段记忆驱逐出去。“我真是太蠢了。音乐刚一响起，我就冲了出去。”

“哦，不。”

“我以为，如果我邀请了她，”他说，“而她又必须答应做我的舞伴，那她就会了解我，喜欢上我。我就会因此大受欢迎。”保罗颓然地倒在床上，“我想她甚至都不知道我是谁。”

现在我知道，迪莉娅来吃晚饭那天，保罗为什么屁股着火一样地逃出厨房了。

“从头至尾，我的手都在冒汗。”他说。

“那又怎样？每个人的手都冒汗。”我说。

“不光是这些。”他用力吞咽了一下，然后改用鼻子慢慢吸气，再用嘴慢慢吐气，“那刚好是在爸爸去阿拉斯加捕鱼之后。你还记得妈妈刚回去上班那段日子吧？用前一晚克罗克慢炖锅里的剩饭当午餐……”

我打了个冷战。“哦，当然记得。”

“嗯，午饭后就是体育课。”

我还记得整个五年级时午饭后的那种滋味。肚子里失控的气体不停向外拱，简直像香槟瓶塞的装配流水线。

“哦，不。”

“嗯……就是那样。在方块舞迷你旋风里又是旋转又是绕步差不多一个小时，想要藏住一个屁，实在太难了。虽然放屁这件事不像乔伊·斯图尔特把塞布丽娜的手机弄坏那么糟糕，但我的手冒汗，又加上放屁……她告诉了每个人。这之后，塞布丽娜可太知道我是谁了。”保罗站起来直面我，“足足过了两年，大家才不再叫我放屁虫了。我受够了，绝不能冒险让你再把我拉下水。”他向我伸出手。

我强压住那小小的、古怪的啜泣声，捂住了眼睛。

“啊，真够逊的，”他说，“你现在怎么这么情绪化了？”

我擦了擦鼻子。“才没有。”

“站起来，卢佩。那只是青春期的荷尔蒙在作怪，很快就会退去的。”

我气得咬牙切齿：“我才没有那玩意儿。”

他大笑起来。“哎呀，你当然有。”他把手放在我的肩上，“听着，跳舞这件事，我可以帮你。但其余的事……小孩子也可能非常邪恶。十几岁的女生，尤其可怕。所以，一定要保持微笑，要假装你正在度过人生中最好的时光。”

我想到了萨曼莎和克莱尔，想到了每一个对我嗤之以鼻的人。我已经没有什么可以失去的了。

“乔伊·斯图尔特……还有我……我们俩让那些邪恶的小孩儿得逞了，让他们影响了我们。”他轻拍我的额头，“千万别让他们影响了你。”

有那么一瞬，我觉得保罗可能真的算是个好哥哥。但我知道，为了这笔买卖，我可能要打扫一年的卫生间。

“那就开始吧。”他说。

我跳到了另一边。“好的，我来领舞。”

第十七章

我更喜欢你原来的样子

星期三中午，一个男孩走进了食堂，径直走向我们的桌子。肯定是新来的，我不经意地瞟了一眼，他穿着一身光鲜的衣服，发型完美，还喷了发胶。相比之下，奈尔斯头发翘起，T恤上印着“褶边狗岩螺——海洋变暖的下一个受害者！”，而我的马尾辫松松垮垮，西雅图水手队的棒球衣上，字母“I”下方沾着一坨芥末酱。

新生会和学校里最不受欢迎的孩子同坐一张餐桌，这并不是什么怪事。我知道，过不了几天，这个新来的就会了解一切，然后坐到更酷的孩子身边去了。

“嗨，伙计们。”那个新来的小子招呼道。

“嗨。”我心不在焉地回应了一声，并没有抬头，继续专注地在脑子里复习舞蹈动作。

奈尔斯擦去嘴角的鹰嘴豆泥。“你这是怎么了，戈登？”

我猛地抬起头，看向这个一身簇新的孩子，简直不敢相信自己的眼睛。“戈登？”我吃惊地叫道，“发生了什么事？”

戈登·施奈利看上去就像是从《GQ少年》杂志封面上走下来的人物，衬衫潇洒地搭在深色牛仔裤外面，而不是塞在裤腰里。“我奶奶的新男友带我出去玩了一天。”

“你的头发……”我说不出话来。他不仅在头发上涂了发胶，就连往日从不离身的护目镜也不见了。

他挠了挠头发，因为用了护发产品，发型纹丝不乱。“他带我去胡里奥·马尔克斯美发沙龙剪了头发，说新形象就要配新发型。”戈登故意用沙哑的声音说。

“你喜欢吗？”奈尔斯问他。

戈登耸了耸肩：“我不知道。感觉……有点太……油腻了。”

奈尔斯点点头。从他用鹰嘴豆泥当黏合物建起的蔬菜大桥上拿下了一根手指胡萝卜。“两件事让你选：拥有一件隐形斗篷或者在企业号*联邦星舰上当工程师。你选哪个？”

---

* 企业号，《星际迷航》中的一艘星舰。下文戈登所提的千年隼号，则是《星球大战》中的一艘宇宙飞船。——译者注

戈登一只手托着下巴，另一只手解开了他那件漂亮新衬衫的扣子，露出了里面 T 恤上夜光千年隼号的图案。戈登还是原来的戈登。

“那还用说，当然是登上企业号联邦星舰。不过你也知道，如果能让我选的话，我更愿意乘坐帝国歼星舰在银河系里巡游——”

“戈登，”我打断了他，“再说一遍‘企业号联邦星舰’。”

他叹了口气：“四是四，十是十。十四是十四，四十是四十。”戈登说话漏风的毛病完全没有了！他咧开嘴，敲了敲两颗完美的门牙。“我奶奶的男朋友是一位口腔颌面外科专家，不到一个小时就为我装好了这个义齿固位器。”但戈登看起来并不像人们花大价钱买到好东西时那样开心，“可是，我现在很难说出我的名字。”

“你没法说戈登？”奈尔斯问道。

“不是，”戈登说，“我没法说，死奈利。”

“施奈利。”奈尔斯纠正道。

“我知道。”戈登把餐巾揉成一团，“但我再也没法像往常那样说‘死奈利’了，都是因为这两颗新牙齿。”

“我更喜欢你原来的样子。”奈尔斯说着，拿出苹果汁。

“嘘——”我在桌子底下轻轻拍了拍奈尔斯。

“真的？”戈登问奈尔斯。

“真的。你就是你。”奈尔斯拿起果汁盒喝了几大口，平静地说，“自然美从来都是最美的。”

从戈登脸上的笑容来看，奈尔斯在这短短十秒钟里化解的心理问题，可能比去迪莉娅那里做几年心理咨询更彻底。

* * *

五天了，安迪对我依旧很冷淡。不过，在克服方块舞这个障碍之前，没时间琢磨怎么修复我们的友谊了。我跑到水池边，弄湿头发，扎紧了马尾辫。今天穿了弹力紧身内衣，所以不用担心短裤乱跑了。我甚至还刮了腿毛和腋窝里的两根毛，没错，我做了充分的准备。

我昂着下巴走进了体育馆。科学护目镜过度佩戴者戈登看到我的防汗护腕，惊讶地挑起了眉毛。

我们又分了组，这次和我一组的是戈登和佐拉、安迪和奈尔斯，以及另外两个孩子。佐拉看到戈登时，简直像刚被橄榄球队的四分卫邀请去参加毕业舞会一样激动：“啊——嗨，戈登。”尽管他依然穿着那条又旧又傻的运动短裤，但新发型和一口完整的牙齿还是让他形象大变。

刚一分好组，音乐立刻响了起来，正好可以让我们不必再听佐拉恭维戈登的肉麻话。

我踩到了安迪的脚，但她没有反应。

扬声器里的口令员大叫道：“换回各自的舞伴！”

我们交换位置，现在我又独自一人了。齐步行进时，我撞到了奈尔斯。

“对不起，伙计。”

奈尔斯点了点头，继续往前迈步。他和安迪一点儿错误都没犯。我的胃里传来一阵悸痛。愣神的时间有点长，我错过了一个互绕步。

还好旋转的空间足够，微微调整之后，我又回到了自己的位置。

然而，当我伸出手去挎安迪的胳膊，准备做左旋跨步时，却抓了个空，被自己的脚绊了一下。下一个动作，我又换到了自己的隐形舞伴对面。没有舞伴，我就得想象和保罗一起跳舞的感觉。我伸出护腕带擦了擦前额，然后停了停，闭上眼睛：保罗和我手挽手旋转，我们又调转方向，手臂完美地搭上，扣在一起。

当我睁开眼睛时，教练正盯着我。

我朝她竖了竖大拇指。她站得离我很远，但我似乎看到她端着记事板的手也朝我竖起了大拇指。

我们换到下一组。我和布雷克、萨曼莎在一组。

当我们四目相对时，萨曼莎的眼球总会向上翻起，又瞟向右边。我敢肯定，她正在寻思着怎么给我编排一个我没得过的病呢。然而，当布雷克齐步行进走错了方向，踢到她的小腿时，她愤愤地咕哝了一声，甩开了他的手。

“你太差劲了！”萨曼莎尖叫道。她干脆停在圆圈中间，面对着布雷克。我们其他人继续跟着音乐节奏拍手，目光看向别处。“但凡专业一点儿的人都能看得出来，你一丁点儿节奏感也没有。你的四肢就像我爸爸车行门口那个诡异的、挥胳膊的充气管子人偶一样不协调，连卢佩都比你强。”

真得再给她一个无声臭屁弹。有那么一瞬间，我已经准备好了，但转念一想，这句话算得上是她对我破天荒的赞誉了。

布雷克再次开始了常规舞步，带着萨曼莎旋转得有点快。“好吧，你也挺笨的……而且……你闻起来就像是天天睡在烂水果堆里。”

“真是个土老帽儿！这味道可是‘卫浴之家’的豌豆花系列！”她气呼呼地说。

班卓琴声盖过了她的抱怨。“交换舞伴。”

布雷克看上去松了一口气，现在换成了我迎着萨曼莎怨愤的目光。

“半圈滑步。”

萨曼莎和我滑出一个弧步绕过对方。保罗说过，要保持微笑，假装自己十分开心。我展露灿烂的笑容，整个过程中都对她亲切地左右晃着脑袋。

萨曼莎整个上半身都向后躲。“别这样！简直令人毛骨悚然。”

我继续保持微笑。如果她非要给我编排什么疾病，我宁可她说我是因为吃了“含笑半步颠”而失心疯了。

我们又换到下一个舞伴。我同样对克莱尔展露微笑。她张大了嘴巴，也变得畏畏缩缩。我摇摆脑袋的节奏越发轻快了。

接着，我又换回萨曼莎身边。我露齿而笑，继续摇摆脑袋。

“你真是个怪胎。”萨曼莎自己绊了自己的脚，“你再不停下，我就要告诉索尔登教练，说你朝我笑。”

我反而笑得更开心了，好整以暇地鞠了一躬。

“换回各自的舞伴！”口令员叫道。

我回到了隐形的保罗身边，先是互绕步，然后回转步。我的舞步并不花哨，但能跟得上节奏。我敢打赌，现在我甚至能跟上戈登的节奏了。

教练在场地外围来回走动。她把记事板抵在胯上，一边看着我们，一边在上面写写画画。我微笑着向她挥了挥手。

铃声响起，下课了。教练摇了摇头，露出了微笑。

第十八章

这是一条微妙的界线

接下来一周的棒球训练中，雷达测速枪上显示我的投球速度达到了每小时六十五英里。于是突然之间，布雷克开始喜欢跑上投手丘和我交流了，就好像是他推动我创下球速新纪录一样。

到星期四训练结束时，只有马库斯仍然不理我，因为他妈妈决定每个星期天都在家中举办砂锅玉米面包烘焙大会暨方块舞狂欢夜。

到了星期五，凭借运动短裤里的弹力紧身内衣护体，我在体育课上没有撞到一个人，每个旋转、每个互绕步、每个回转步，全都顺利完成，甚至都没有踏错一个步点。爷爷说的果然有道理，克服比抗争更有效。

我从学校回到家，发现家中空无一人。其实今天不算坏，只是，没有棒球训练，没有家庭作业……也没有安迪陪伴。

好在我还有奈尔斯。严格来说，现在已经是周末了，晚饭后，我决定去奈尔斯家，问问他周末的《神秘博士》马拉松追剧计划是否准备就绪。我跳上自行车，不到一分钟就来到了他家门前。

奈尔斯的妈妈开了门。“嗨，卢佩。近来怎么样？”

一股诡异的香草气味飘了出来，我猜那是迷迭香。“哦，很棒！”我小心翼翼地挪开了一点儿，生怕她把我拉进她的精油实验室，给我洒上些“信心”“成功”什么的。

“他们在奈尔斯的房间里呢。”她说，似乎以为我知道她指的是谁。

他们？

她的目光示意走廊尽头的房间。

我的心里又敲锣打鼓起来。不管“他们”指的是谁，我大概马上就会知道每周一的《神秘博士》之夜为什么总被放鸽子了。我有点犹豫，不知道是不是该问问福斯特太太，有没有一种精油叫“别慌”。

我朝走廊走去，房间里隐约传来说话声。

在门口，我犹豫了一下。

终于，我敲响了专属我的敲门暗号：咚、啪啪、咚。

“请进，卢佩。”

我推开门，戈登和奈尔斯两人面对面坐在方形坐垫上。房间里播放着轻柔的音乐，听起来很像奶奶那些中国戏曲里的伴奏。奈尔斯盘腿而坐，一只手灵巧地转着写便利贴的笔，连看都不用看。奈尔斯的《神秘博士》星云海报如今被一张《星际迷航》海报遮挡了一部分，海报上的彩虹中浮现出三张异常严肃的脸。

我环顾四周。李小龙仍然在墙上，奈尔斯的武术用品依旧挂在椅子上。

在他的漫画塔中，红色那一座比我上次来的时候又高了两层。

戈登仍然穿着他那身漂亮的新衣服，头发上抹了不少护发用品，不过新戴了一副肉桂色螺旋形耳罩，很像两个棕色的圆发髻，让人想起《星球大战》里莱娅·奥加纳将军年轻时穿裙子的模样。他的额头上贴着一张粉红色的便利贴，上面写着“超级巨星！”。两人之间整齐摆放着一架架宇宙飞船的模型。看来，我这次拜访不是个好主意。

我站在门口，和他们保持着距离，担心自己会被吸入这个新旋涡里，同时也好奇奈尔斯到底怎么了。“戈登，嗨，没想到会在这儿见到你。你们俩在做什么呢？”

我想，我应该很高兴大家成了朋友。看起来，他们并没有把我排除在外的意思。可是，我为什么觉得有些嫉妒？

“就是聊聊天。”戈登答。

“聊宇宙飞船？”我问。

我再次敏锐地注意到，奈尔斯的《神秘博士》睡衣如今换成了写着“生生不息，繁荣昌盛”和“勇踏前人未至之境”的《星际迷航》睡衣。我忽然觉得胃里空空的，好像没吃过晚饭。

奈尔斯一只手转着笔，另一只手挥了挥，示意我进来。“实际上，我们正要休息一下，讨论讨论棒球。”

这个话题很不错。我关上门，扑通一声坐在他们中间。“你们能相信吗？西雅图水手队居然交换了——”

戈登笑着轻推了一下奈尔斯。“我们讨论的是投球的事，卢佩。”

“哦，好吧，如果要讨论这个，我很乐意回答任何问题。”我说。

戈登叹了口气。“是物理方面的，我们讨论的是蝴蝶球的物理原理。”

我瞥了一眼奈尔斯：“啊？”

奈尔斯面朝着我，放下笔。“是戈登在讨论力学的时候提到的。蝴蝶球的目的就是让球的旋转尽可能小，对吧？”

我点了点头。

“投球的时候，”戈登说，“球的光滑一面朝前还是接缝朝前，飞行的路径会不一样。这个你知道吧？”

我其实并不知道，只好耸了耸肩：“算是吧。”大部分人遇到我这么回答，就不会再为我详细解释了，但奈尔斯从来不这样……

“对这个问题，大家总是争论不休，为什么球会飘来飘去改变方向。”奈尔斯补充道，“要我说，没必要去纠结每个细节。这可能取决于多种因素的结合，也可能取决于投手的习惯。”

戈登探身向前，面对奈尔斯：“但你不能忽略气流，也不能忽略棒球的接缝造成的之字形转动和抬升运动。”

我还没有投出过蝴蝶球。它在我心中的地位就像圣杯，我从没想过自己可以弄明白蝴蝶球的飞行原理。我来回看了看两个人，一句话也插不上。

“奈尔斯坚持认为我太强调科学了，有时候，投手只是对某些事情很有‘感觉’。”他在说到“感觉”二字时翻了翻眼睛，特地伸出两个手指比画了两个引号。戈登把手放在奈尔斯的肩头，承认道：“看来我们在这个问题上陷入了僵局，我的朋友。”

我忽然发现，他们俩也许真的有一些共同点。我虽然难以融入，但也应该为此感到高兴。

我不禁皱起眉头，垂下了肩膀。奈尔斯瞥了我一眼，看向戈登："要不然，我们改天再讨论蝴蝶球的问题吧？"

"当然可以，"戈登说，"那我们聊聊这个怎么样：在一场星系间的冲突中，千年隼号怎么能把企业号打得落花流水？"

奈尔斯的嘴角微微上扬。"这种事永远不会发生，"他说，"启动超光速推进器后，你飞船的操纵稳定性会下降。"

戈登的眉毛高高挑起。"你刚好说到点儿上了，同志。千年隼号可以利用它的速度躲避攻击。"

"但企业号可以在高曲速*层级航行。千年隼的速度虽然很快，但只有在近距离战斗中才能发挥效力。"奈尔斯再次拿起笔，片刻之间，笔又在他手中转得飞快，"所以，换作是你，是选择逃离星系冲突，还是直面战争呢？"

"用神秘博士的塔迪斯怎么样？"我试图介入他们的谈话。

他们俩同时看向我，我忽然觉得有些不自量力。

"我是说，塔迪斯有灵魂。"我补充道，"而且可以在一个地方消失，然后在另一个地方现身——"

---

* 曲速旅行，《星际迷航》中的一种航天科技，使物体能在扭曲的时空泡中以几十倍于光速的速度移动。——译者注

戈登嗤了一声：“我们说的完全不是一个宇宙的事，卢佩。无意冒犯。”

我叹了口气，双手交叠放在大腿上。

他们继续热烈地讨论着，从飞船的曲速力场到射击能力，再到飞船在战场上的表现。的确和神秘博士完全不是一回事。

我待不下去了。看到他们在一起那么开心，又感觉到自己如此格格不入，我越发想念安迪了。没有她的日子，我一天都忍受不了了。

“嗨，我想我还是撤吧，伙计们。”

他们仍然聊得火热，几乎没有注意到我匆匆出门。我回头看了一眼，不禁还是笑了。我知道，这是好事。我必须接受奈尔斯结交新朋友的事实，也必须想办法修复和安迪的友谊。

我骑上自行车，向安迪家的方向疾驰而去。我要和她言归于好，她会再次成为我最好的朋友，然后，我会在妈妈下班前赶回家，问问妈妈能不能让安迪在我家过夜。

我拐了一个弯，速度太快，轮胎几乎打滑。安迪的家映入眼帘。一群孩子在灌木丛和汽车后面来回奔跑，躲避着水球。安迪躲在一个垃圾桶后面，勉强躲过了一个鲜红色的……那不可能是她吧？虽然我很喜欢水球大战，但安迪却恨透了这个游戏啊。

我认出了那些跑来跑去、又叫又笑的女孩，她们都是足球社的。

我把自行车停在街对面，向她走去。“嗨，安迪。”

她转过身，张大了嘴：“你来这儿做什么？”

我笑了一下，但不是体育课上那种诡异的笑。“我能跟你谈谈吗？”

她回头看了一眼，女孩们停止了互扔水球，都在盯着我看。“我正忙着呢。”她说着，拿出了一个装满水的绿色气球。

乔丁走过去，站在她旁边，仿佛她们俩现在是一个团队了。她们没有笑。我的心沉甸甸的，不禁有些担心安迪是不是已经给乔丁看过了啮约镇老鼠城。

“我来是想看看，我们能不能谈谈。”我说。

乔丁拉住安迪的胳膊：“我们人手够了，不需要加人了，对不对，安迪？”

安迪后退了几步：“你该走了。”

我不敢相信这是安迪对我说的话。我以为无论发生什么，安迪都会在我身后支持我。“可是，你不是讨厌水球吗？”

“不，我不讨厌。我的新朋友不会大喊‘火烧屁股’，也不会专门瞄准我的——”安迪闭上了眼睛，没有往下说，“你走吧，卢佩。”

那时候我们才九岁啊！你应该——你当时为什么不告诉我你讨厌我这么做呢？

“安迪，我……我真……对不起，都是我不好。”我想让事情有所缓和，可安迪完全不给我机会。我的下巴开始颤抖：“我能过一会儿再来找你，和你单独谈谈吗？”

“我一会儿还有事。”安迪说。

“哇，有人连暗示都听不明白。”乔丁转身朝其他女孩走去。

安迪恼怒地长出一口气，一手叉着腰。“再说了，你不是说过吗？我找到了新组织。”安迪的手一松，水球从她的手中滑落，掉在地上炸开了花，像是一锤定音。她跟着乔丁走远，再没有给我说话的机会。

有那么一阵儿，我就那么呆呆地站着。我们做了六年最好的朋友，可不到一个星期，另一群孩子就取代了我的位置，这是怎么发生的？妈妈总是说，只要有一个好朋友，就能继续生活下去……

是我的错，是我把她从身边推开了。等我发现自己错得有多离谱时，已经太晚了。

一想到没有安迪陪伴的中学时光，我就害怕。

我没有朋友了。

我穿过街道，扶起自行车，身后传来阵阵窃笑。我戴上头盔，以最快的速度骑回家。腿在发抖，自行车在身下摇晃。我奋力蹬着车，泪水顺着脸颊滑落，流进了下巴上的系带里。

* * *

自从爷爷调整了我房间的风水后，我一度以为它能改善我的境况，现在却发现，完全不管用。我已经在床上躺了二十分钟，毫无用处，从来没有这么糟过。妈妈和哥哥都在家，我不能去走廊看爸爸的照片。于是我退而求其次，把傅立的棒球新秀卡从墙上取下来，贴在了脸颊上。有那么一会儿，我假装这就是爸爸，甚至隐约闻到了咖啡的味道。

有人敲我的房门，我忙把新秀卡塞进枕套里，假装睡着了。然而，当门打开时，我的呼吸却不由自主地越来越重，听起来像是在抽泣。

妈妈已经冲到了我身边。“哦，不。出了什么事？”

我哇的一声哭了出来。每个人都讨厌我——我想说这句话，可话一出口却成了：“每……都……厌……我。”

妈妈立刻听懂了我抽抽噎噎、含混不清的话。“才不是这样。”她拉着毛衣袖子为我擦眼泪，“发生什么事了？”

“安……迪……有……新……友……了。”

“嗯，我打赌你也可以和他们成为朋友。我们把他们都请到家里来玩吧。”

妈妈的中学时代已经是很多年前的事了。我敢说她像我这么大的时候，还不兴拉帮结派呢。

这是一条微妙的界线。我不能直接告诉妈妈，安迪压根儿都不理我了。妈妈可能会因此保护欲爆棚，生安迪的气，或者更糟……直接给安迪的妈妈打电话。于是，我只是无奈地看了她一眼，暗示她的提议有多么不靠谱。

“这……行不通的……妈妈……”

她为我把一绺松开的头发别到耳后。“那你愿意告诉我究竟发生了什么事吗？安迪肯定不会丢下你的。”

我回忆起和安迪的唇枪舌剑，那些刺心的话仿佛在耳边回响——“你妈妈能动用关系帮你”，然后是“尿裤子”，然后是“护犊”，然后是“你甚至不敢当面和你妈妈说清楚”。

这些话，我无法告诉妈妈。

妈妈一脸忧虑，皱纹悄悄爬上了额头。我需要振作起来。

我强颜欢笑，花了一分钟让呼吸恢复正常。在那一刻，我做了一个决定。即使安迪再也不和我说话了，我也要做出改变，试着多去倾听，而不是只顾说自己的感受、达成自己的目标。

妈妈为我擦去沾在头发上的泪水和鼻涕。“你出门的时候，我登录了学校的门户网站。你这个学期成绩很不错呀，差不多门门功课都是 A，对不对？这是个好消息，不是吗？”她靠过来，吻了我的脸颊，“再加把劲儿，你就是全优生，就能见到傅立了。”

这是你有一个做老师的家长时要面对的另一个不幸。他们不仅会把你的老师当成他们的“婴儿监视器”，而且还会利用职权便利，直接查阅你的成绩。我用力抽了抽鼻子。“是啊……我想，唯一没有把握的就是体育了。”

妈妈起身往走廊走去，走到门口时，扭头向我眨了眨眼睛。“好吧，我想有一件事能让你高兴起来。下个星期，索尔登教练就会揭晓参加鲑鱼节校庆的最佳方块舞选手！”

第十九章

他们想让我们继承的传统

我的时间不够了！

我花了两个星期才让教练看到我足够优秀，而且其实只有一天能称得上表现不错。现在我只剩下最后一次机会了。我知道班上至少有四对舞伴的水平和我不相上下，或者比我更好。如果星期一的体育课上我能继续保持完美，教练才有可能考虑把我加入获胜者名单，并在下课时宣布出来。

我跳下床，从枕套里抽出傅立的新秀卡，把它挂回墙上。“你说拿全 A 就和我见面，我会做到的！”

我跑到保罗的房间，猛敲他的门。

“又要干吗?！”

房门被他猛地拉开，这一回他头戴一个黄橙相间的摔跤手面具，手里则拿着绝地武士蓝妹妹形状的乐高玩具。

“这是要……”我指了指他戴着面具的脸，又指了指蓝妹妹，决定不去追问。

“你要干吗，白痴？”他问道。

“你能和我跳一会儿舞吗？”

他试图关门，我倚着门拦住他：“我们不是说好了吗？”我越发用力推，门却一点点关上，我的脚不断往后滑。

他咕哝道：“我又不是你的仆人，卢佩。”

“就练一小会儿！”我加大了推门的力道，“我会帮你打扫房间。”我简直不敢相信自己居然低三下四到了这样的程度。在我哥哥这家伙眼里，把脏内衣挂在门把手上晾一夜就能变干净。给他打扫房间，我估计得摸到鼻屎以及各种叫不上名字的恶心东西。我连件防护服都没有。

门一下子开了，我一头栽了进去，扑进一大堆杂物里。我又是干呕又是咳嗽，迅速跳了起来，这堆衣服闻起来就好像毛皮湿漉漉的狗被塞在衣柜后面捂了整整一年。“这都是什——”我差点儿被熏晕。

他扯下面具，顺手丢进那堆破烂儿里。“哎哎，你刚才可是保证过啊，要负责清理干净。明天我给你 30 分钟时间练习跳舞，不过，必须等我完成重要项目之后。”他说着把乐高蓝妹妹轻轻地放在了桌子上。

他又把我推出门外。我想再次抵住门，但实在太难了。“好吧。”我猛地松开手，门砰的一声关上了。门后传来一声闷响，希望是保罗撞到了自己的脑袋。

我回到房间，从门后的挂钩上取下神秘博士的塔迪斯长袍，裹住了自己。我真希望那是一台真正的时间机器，而自己是博士的同伴。这样，我就能飞向博士的故乡伽里弗雷星球，把这一切统统抛在脑后。

我走到沙发旁，蜷缩在妈妈身边。她伸出胳膊搂住我。“感觉好点了吗，小家伙？”

“可能吧。”我说。

“给我一分钟。”她站起来走到厨房，我听到了锅里传来噼啪声。几分钟后，爆米花的味道溢满了整个房间。

不一会儿，她捧着一只巨大的塑料碗走了回来。“我刚好有你需要的东西。”她抓起遥控器，打开了《神秘博士》第四季。然而，我满脑子想的却是，要是能和奈尔斯一起看这季该有多棒。

妈妈拨开我脸上的头发，借用《神秘博士》里的典故对我说：“我爱你，宝贝，我的爱比普什之月还要高远。”

我想起了剧里的罗斯。在我看来，她一直是和博士最般配的女士。只要他们俩在一起，就很像一家人。妈妈轻柔地抚摸着我的脑袋，电视里播放着《神秘博士》的剧集，而我还没等到博士迈出塔迪斯，就坠入了梦乡。

再次睁开眼时，我发现自己躺在沙发上，阳光照到了眼睛。我的身上裹着毯子，头发上粘着爆米花。

保罗还在睡觉，于是我自己练了一会儿方块舞。

过了一个小时，保罗还没起床，我又到屋外去投那八十一个好球。我连着投了十个快速球热身，接着又投了几个变速球。我试了一个弧线球，球打在了球袋的边缘，差点儿就进了好球区。

我必须集中注意力。如果我能搞定这些更复杂的投球，那我就一定能搞定方块舞。

耳边回响起爸爸的声音，好像一阵平静的微风。注意听，萌萌兔。

我不喜欢这个绰号，这么说有些抱歉，可这实在不像伟大投手的绰号。好了，投球，萌萌兔！王——卢——佩，投球了！为了证明我的成熟，我投了几个圈指变速球和四缝线快速球，每个球都投进了好球区。我信心倍增，觉得几乎可以征服一切。

等你上高中的时候，如果你足够勤奋，就能投出蝴蝶球。爸爸是这样说的。

只要坚持不懈，就有机会大放异彩。

我已经试过一千次了。要是我真的能投出一个就好了……

我的手还太小，指关节根本压不到棒球的缝线。我默默思考着奈尔斯说的话。也许这并不全是科学，每个投手都需要找到自己的“感觉”。我用指甲抠住棒球的缝线，拇指转到球的下面。

爸爸的声音在耳边响起。**记住，球身旋转超过一圈，就不算是蝴蝶球。**

我用脚趾抠住地面，站稳身子。

我在脑海中慢慢回忆爸爸的示范动作，甩出了一只胳膊。**先投，再推！**

我向前一步，学着他的样子用力推球。球在空中摆动着跳了一下，正正地穿过投球练习网中央的好球区，沉沉地落入袋底。

球虽然有旋转，但只转了一圈，我做到了！我拔下了手套。

如果能投出完美的蝴蝶球，就肯定能打入职业棒球大联盟。而且，如果我连蝴蝶球都能投出来，那也肯定能跳好方块舞。

我跑到保罗的房间门口猛敲。“保罗！快、起、床！”

保罗的房间里传来一阵窸窣声。“我说的是明天某个时间，不是一大清早！”他喊道。

我推开了他的房门。“已经十一点了。”房间里，打翻的水杯流出不明液体，泡烂的奇多薯片碎屑糊在了地毯上。

他用枕头盖住脑袋。“知道了，知道了。”

在最初的几轮练习中，我们发生了几次意外的碰撞和磕绊。不过，接下来的七轮近乎完美。练习结束时，我已经比星期五的表现更加游刃有余。

最后，保罗像个大哥对小弟一样推了我一把，把我推到了沙发上。“好了，除非给我做好饭端过去，否则就别来烦我。”说完，他消失在自己的房间里。

等到星期一教练看到我的方块舞跳得有多好时，我的体育课成绩就会拿到 A。加上我其他的 A，就能妥妥地见到傅立了。我能投出蝴蝶球，能与最糟糕的舞伴一起跳好方块舞，没有什么能打败我！

我决定终止和哥哥的交易，放松一点儿，自己练习练习就好。我在手机里输入“稻草里的火鸡音乐”开始搜索，小恐龙巴尼演唱的版本名列榜首。即使他没有戴牛仔帽、没穿牛仔靴子，我也是坚定的巴尼反对派。在它下面是一篇美国国家公共电台的报道：“冰激凌之歌的起源并不是你以为的那样”。我没时间去看这种老年人关心的新闻，但还是点开了链接，因为我知道这里面至少会有那首歌。

我没有等来预想的音乐，而是看到了一位留着金色卷发、戴着黑框眼镜的女士在用英国口音讲话。“几十年来，美国人一直有在庆祝活动中跳方块舞的传统。这些舞曲大部分都起源于南方。”

不是什么新鲜事。我和安迪发现很多音乐最初都是奴隶们的歌曲。

“但你们当中很多人不知道的是，这些歌曲中的大部分都有经过修改的、充满了种族主义色彩的版本。”那位女士说到这里停了下来，注视着我，好吧，是注视着镜头。

“哥伦比亚唱片公司在1916年发行过一个版本，歌词中的内容非常令人担忧……”她的声音竟然有点颤抖，“我要把这首歌放出来，你们自己判断。”

我们熟悉的冰激凌车音乐开始了。歌声有些断断续续，就像我熟悉的版本一样，一个操着南方口音的男人在大声吆喝。

不同的是，这位歌手满嘴说着那个不能说的词*，说得无比顺口，好像天天都说似的。他用嘲讽的口吻吆喝“他们”来吃冰激凌，然后一遍又一遍地唱“他们”爱西瓜。难道在当年，无数像我这样的孩子必须伴着这样的歌词跳舞吗？难道这就是他们想让我们继承的传统？我的肠胃被揉搓，好像刚刚吞下了一块腐烂的肉。

---

* 在美国，Negro（旧时白人对黑人的蔑称）有强烈的歧视意味和侮辱性，所以被禁止使用。——译者注

我满脑子想的都是安迪，如果她也在这里，听到这些会做何感想？泪水刺痛了我的眼睛。这跟用夹克盖住那摊尿根本不是一回事。

即使她再也不想和我有任何瓜葛，我也不能让她听到这首歌。

第二十章

“社死”的路上又前进了一步

大雨倾盆，天空一片漆黑。碰到这样的天气，主楼的走廊就格外危险。我没有和奈尔斯、戈登一起去食堂吃午饭，而是朝辛格校长的办公室方向走去。

一上午，我都在思考这么做是不是正确的。我离拿A和见傅立只有一步之遥了，天晓得这样一来后面会发生什么。我蜷缩在储物柜旁边的一个角落里，试图把整件事理清楚。如果我就待在这里，不告诉任何人，他们或许永远都不会发现。而一旦我推开辛格校长办公室的门，就可能把事情搞得更糟——我反而会让大家注意到那个版本。很可能，安迪听到那些可怕的歌词，全都是因为我。

可是，如果我什么都不做，那首歌还是会在那里。如果有人听到了，并且意识到其实大家都知道这件事，但却什么都没说，他们会怎么想？

我不知道安迪听到那首歌会是什么感觉，但我知道受伤是什么感觉。当你看到这个世界上的坏事时，就必须大声说出来。即使十年后安迪还在为我对她说的那些话而生气，但当她听到那首歌时，也许，至少，她会明白我试着做了件正确的事。

和傅立见面的事必须退居其次。

如果不做好充分的战斗准备，就别想挤进走廊中汹涌的学生潮。我拉紧背包，从暗处走了出来，径直走向辛格校长的办公室。

爷爷是不是说过，除非理由绝对充分，否则并不总是需要去抗争？再没有比这更充分的理由了。

我没做任何准备，没有 PPT 演示文稿，没有逐条列出讲解要点。那些可怕的歌词一直在我的脑海里回响，我不知道我怎么可能在下次听到这首曲子时，脑子里不去想到那些歌词。

我敲了敲校长的门，然后等待。

“哪位？”

我推开门，站在门口中间。辛格校长正双腿交叉，盘腿坐在办公室地面的瑜伽垫上。

“王小姐，能等一会儿再来吗？”

我的声音像美国国家公共电台的那位女士一样，忍不住颤抖："是很严重的事。"

她卷起瑜伽垫，喃喃自语道："你真会挑时间。换作其他时候，我恐怕做不到这么冷静。"她站起来，拿起水瓶喝了一大口水，"好吧，我能为你做些什么呢？"

我发现自己像安迪一样不安地抠着指甲。"我在一则新闻报道中看到了一些东西，很糟的东西。我不知道该怎么对您说。"

"那么，能给我看看你看到的是什么吗？"她坐在办公桌前问道。

看到我竟然走到她的桌边，俯身在她的电脑键盘上打字，她有些意外。我输入了和前一天晚上相同的搜索内容。第一条依然是小恐龙巴尼，它下面就是那则美国国家公共电台的报道。

"这是什么？"她不解。

我点开了链接。那位英国女记者开始讲述方块舞的起源。辛格校长突然变得不那么冷静了。"卢佩，如果你是想再换一首舞曲——"

"请您听一听。"我轻敲键盘，把音量调大。辛格校长的办公室里响起了冰激凌车音乐。

旧唱片中断断续续的歌声越来越响亮。辛格校长快速扫视着那则报道旁边配的文章，面孔一片严肃。

那首歌唱到第二段时，她按下了静音键。"我听懂了。”房间里静悄悄的，只听见桌子上小闹钟的嘀嗒声。我觉得现在最好闭嘴等着。

校长的目光看向别处，轻声开口道：“我那时的行为代表了我那时的见识。我现在见识得更多，理应做得更好。*”

我不确定她是在跟我说话，还是在自言自语。不管怎么说，这些话在我听来无比睿智。

终于，她转过身来，一只手放在我的肩头。“我需要认真考虑一下具体该怎么处理这件事，你让我注意到了这个问题，你做得很对。”

“辛格校长，您要知道，如果您再换舞曲的话，我大概就得转学到南极了。”

“并不是舞曲的问题。”她说。

难道她没有听到那些歌词吗？

“卢佩，方块舞并不恶心。这首曲子也不恶心，但有人编的歌词实在太恶心了。”

“可是，就是有人把它们编成了那样。”我说。

“但我们没必要去接受它。”

---

* 这句话出自马娅·安杰卢（原名Marguerite Ann Johnson，1928—2014），美国黑人作家和诗人，也是美国民权运动的重要人物之一，毕生致力于维护和争取黑人及妇女的权益。——译者注

我明白她的意思，可还是有些地方不对劲儿，尽管我说不出到底是哪儿。“辛格校长，我不希望您认为，我这么做是在抱怨方块舞……”

校长的眉毛高高扬起，几乎碰到了发际线。

“我只是不明白，为什么我们必须跳方块舞。”我说。我想起了春节华人游行时的舞狮表演。咚咚的鼓声震天响，我的胸膛也跟着颤动，感觉自己也渴望像狮子一样奔走跳跃，高高地跃入空中。我又想起了外婆跳墨西哥帽子舞的模样，款款地旋转着想象中的裙子。“我是说，我是美国人，但我却不明白方块舞与我或我的文化背景有什么关系。在这学期的体育课之前，我从来没见过我的家人或朋友跳过方块舞，您家里跳方块舞吗？”

辛格校长笑了：“不跳。”

“那么，为什么每个人都闭口不提这件事呢？是这种舞蹈没有包容我们。”

我还是希望取消方块舞吗？毕竟，我好不容易才征服了它呀。我本可以进入优秀名单的。明明知道有些事不对头，却又能从中获益，这怎能不让我纠结。

校长笑了：“你说得对，卢佩。但是，方块舞并不是坏事。只不过——”下午第一节课的预备铃响了，打断了她的话，“你已经听到了那些歌词，我无法抹除你的记忆。但你要给我一个机会，让我想办法为你替换掉它们。”

“替换掉这些记忆？怎么会有人办得到呢？”我问。

她的手指轻轻敲击着桌面。“看看尤里乌斯·莱斯特和杰里·平克尼在童书中做出的努力。小黑人桑波和雷姆斯叔叔故事集的原型中都曾有过种族主义的内容。然而，这两位儿童作家重塑了这些故事，为他们的社群、为我们所有人创造出更宝贵、更美好的东西。我们也可以这样做。”

“所以，我们仍然……”

“哦，是的，”她站了起来，“伊瑟阔红鲑鱼中学自从 1938 年以来——”

“我知道。”我叹了口气，朝门口走去。

这就是说，我们还是得跳方块舞，我还是得想办法入选最终名单。

我还知道，无论辛格校长发明了什么新政策，我都得为此背锅。“您可不可以别告诉别人，是谁告诉了您这件事？”

她笑着领我走到门口。“我认为，大家早晚会知道的。”她拥抱了我一下，“不过，在你所有的抗议行动中，这件事你最应该感到自豪。我很高兴你来找我。而且，我刚刚想到了一个让伊瑟阔鲑鱼节变得更好的主意。”

我不知道她会做什么，但考虑到我历来的所作所为，我敢肯定，即便这一次我做得完全正确，也还是往“社死”的路上又前进了一步。

第二十一章

好像夺得了一块奖牌

走出校长办公室，我看到戈登和奈尔斯站在储物柜旁，等着我一起去上第五节课。他们在玩石头剪子布之类的游戏，每次出手都以笑声结束似乎只是在寻开心，而不是在争胜负。不过，现在还不是把刚才见辛格校长的事告诉他们的时候。

“嗨，伙计们，咱们走吧。”

走廊看起来像是一条散开了五十支滚轴溜冰队、涂满润滑油的赛道。戈登、奈尔斯和我紧紧地挤在一起，三个人的重量至少能降低被撞出走廊、跌进淤泥里的概率。

索尔登教练从我们身边走过。

“嗨，教练。”我问候道。

她一边摸索着钥匙，一边朝我们点了点头，目光迅速看向别处。

戈登紧紧贴在我身边，话音里的不安愈发响亮和汹涌。“怎么回事？”他指了指教练。虽然出于不同的原因，但无论是对戈登还是对我，进入名单都相当重要。

除非老师们之间都配备无线电通信设备，否则教练不可能现在就已经知道了我和辛格校长的谈话内容。

我拍了拍他的肩膀。“可能只是赶时间，要么就是不想显得偏心谁。”我不知道这么说是在安慰戈登还是在安慰自己，“听着，我们还有最后一次机会。只要我们能分在同一组，跟其他组相比一定立见高下。”我们停在两组储物柜之间，避开了危险的人潮。

“那我今天真的要露一手了，”戈登说，“真男人又回来了！”他取下背包，递给奈尔斯，双手在头发上用力地来回梳了几下，彻底弄乱了喷过定型发胶的头发，虽然没有他以前的发型那么卷曲凌乱，但也差不多了。接着，他又脱去那件搭配新形象的名牌羊毛夹克，夹克的袖子有点紧，我用力帮他拽了下来。夹克一脱掉，T恤就露了出来——尤达大师拄着拐杖，眯着眼睛，头顶写着一行字：“要么做，要么不做，从没有试试看这回事。”

戈登有点恍惚地站在那儿，盯着来来往往的人群。他的身子往前探得有点多，立刻就被重重地撞了一下。

“当心。”我拉回戈登，贴住墙壁。“你疯了吗？我们去上体育课吧。大家一起，数到三。”我正要把羊毛夹克递给戈登，奈尔斯却接了过去，把它挂在了戈登的背包上。

戈登的声音有些颤抖。“我得先做一件事。”说罢，他抬手取下了义齿固位器，牙床上立刻露出那个豁口：一颗门牙完全缺失，另一颗只剩半截。我笑了，发现自己竟很想念他这副模样。然而，当我看向戈登的眼睛时，那眼神里的某样东西让我顿时感到血液凝固。他深深地吸了一口气，盯着奶奶的男朋友专门为他安装的义齿，面孔变得比先前更苍白。

“你怎么了，戈登？”我问。

“原来的我更好。”他说，“我不该为了讨他人喜欢而改变自己。”

奈尔斯笑着看向他：“如果这就是真实的你，懂你的人自然会爱你。”

哇哦，我是不是错过了什么？

戈登用力闭上眼睛，猛地将假牙扔进了人潮当中。他注视着奔涌的人流，一动不动，直到杂乱的脚步踩上了假牙。下一刻，他抬起脚，走进了人群。

我惊叫起来：“戈登！不——！”

不等我冲进去，奈尔斯用胳膊肘把我牢牢锁住。

“让他去吧。”奈尔斯说。

不管我想做什么，都已经太迟了。戈登刹那间就被人群挤到了五英尺开外，再加上这么多孩子夹在我们中间，这个距离几乎算是咫尺天涯。不光如此，他没有遵守安全法则，不顾被撞得身首异处的危险，直接跪下来寻找假牙。那颗大脑袋太容易成为袭击目标了。一个装长号的大盒子拍到了他的脸，又一个背包顶到了他的肚子。他整个人被撞得踉踉跄跄，等终于站定时，已经是十英尺之外了。他跌出了水泥路面，坐在烂泥里，过了一会儿才撑着地站了起来，一只眼睛闭着，鼻子在向外滴血。

他高高举起已经被踩坏的义齿固位器，好像夺得了一块奖牌。

* * *

为了把戈登拽出烂泥，我差点儿陷进去一只鞋。他的鼻血很快就止住了，除了鼻子下面一块暗红色的血痂，没有什么可以证明他刚刚故意毁坏了昂贵的义齿固位器。他的眼眶肿得老高，眼皮几乎合不上。

奈尔斯波澜不惊。我不禁怀疑，这件事多大程度上是他们俩事先计划好的。

“你真有必要把假牙扔进去吗？”我问，“就不能直接丢在脚下踩两脚吗？”

他那口齿不清的毛病又恢复了。“我会告诉奶奶，我是为了去捡固位器才弄成这样。这也不算撒谎，对不对？”他夸张地眨了眨眼，“死奈利……死奈利……”他试音一样来来回回叫了好几遍。终于，他咧开豁牙的嘴大笑起来。“现在感觉更像真正的我了。”他深吸一口气，自信地朝体育馆走去。

我们转过拐角，体育馆就在前面。我心里有些发颤。我知道，戈登肯定能率先入选，但接下来的一个小时对我来说，则是生死攸关。我看了看戈登的T恤，发现尤达大师毛茸茸的耳朵尖上还有一点血迹。这就是那和要把朋友放在第一位的时候了吧，即便我未来的人生全取决于今天会不会迟到，也要……

“你不觉得我们应该先去医务室吗？”我问他。

“当然不行，”戈登说，“我等这一刻已经等了两个星期了。”

我只好从背包里抽出一张纸巾，伸到饮水机下浸湿。“等等，戈登。”我为他抹去鼻子下面的血迹，抹掉了可能导致他被送回家的证据。

戈登和奈尔斯朝男更衣室走去。奈尔斯把手举过头顶朝我挥了挥手。

当我走进女更衣室时，安迪站在我们俩的储物柜前，面对着我。

她盯着地面。我顺着她的目光看过去，从门口到储物柜，瓷砖地面上留下了一长串泥脚印。我刚才把戈登拽出泥坑，鞋袜现在就像浸过巧克力的棉花糖。

要是进体育馆留下泥脚印的话，肯定会被教练扣分的。我急忙脱下鞋袜，快步走到水池边，把水龙头拧到最大，一边冲鞋子一边用纸巾擦。一分钟后，鞋子上的棕色褪去，但仍然在滴水。我正要打开烘手机烘干，教练的哨声传了过来，没有时间了。我换上运动服，赶在上课前冲出了更衣室。

我站在戈登和佐拉旁边，这样我们就有望被分到一组了。

佐拉看着戈登，倒吸了一口凉气。“出了什么事？你的牙齿……还有头发……”

戈登用参差不齐的断牙咬着嘴唇，一只眼睛半闭着。

佐拉倒是没在意戈登的眼睛，尽管它们马上就会变成黑眼圈了。

“我觉得他看起来超凡绝伦。”我说。

戈登笑了笑，脸颊上的几粒雀斑跃动着。

佐拉眯着眼睛，稍微歪着头，假装换个角度看就能把戈登变回那个拥有完美牙齿和发型的“GQ”新潮少年。

戈登转过身去，看着场地中心说：“谢谢你的关心，佐拉。就我个人而言，我对这一次的改头换面很满意，这让我更胸有成竹。”

教练吹响了哨子。“全体注意。我相信你们大家现在都心神不宁，想知道谁将代表全班参加鲑鱼节校庆日的方块舞表演。那么，闲话少说，现在我宣布入选名单！”

怎么会这样！我得让她先看到我的进步有多大呀！我跳出队伍，举起手焦急地挥舞。

教练低头看着记事板，完全没有抬头。“第一对舞伴是——”

“等等！”我的声音大得自己都吓了一跳。

每个人都转过头来，教练的目光从记事板上方射过来，她歪着头说：“最好是好事。”

“我们难道不先跳舞吗？”我踮着濡湿发黏的脚，来回晃着身子。浸透水的鞋子咯吱作响，声音在体育馆里回荡。

教练的下巴垂到了胸前，眼睛闭着，似乎再也受不了这种无聊的事了。

我想把手揣进口袋，却揣了个空。“我是说……这样您就可以全面评估我们的最新水平了。”

“是啊是啊！”戈登夸张地摊着手，仿佛在乞求饶命一般，“上次因为夺旗比赛，我们少练习了一天。”

人群里有人咳嗽了一声：“白痴。”

“马库斯，下课后找我一趟。”教练一边说一边看着记事板，头都没抬一下。终于，她把记事板夹在腋下，伸出手指捏着鼻梁："我先宣布入选名单，然后再跳舞。既然你们俩那么爱跳方块舞，放学后也可以留下来尽情跳。我很乐意提供音乐。"

"一言为定，索尔登教练，"戈登低声说，"我们正需要这个。"

我的脚趾夹紧了湿透的袜子。木已成舟。做了那么多努力，都是徒劳。我环顾四周，寻找安迪的身影。我知道她能看见我，但她没有回头。

"咳咳，现在宣布第一对舞伴，我希望这一对能再努力一些，在星期五之前完全合拍。"教练从记事板后面瞄了一眼，"萨曼莎和布雷克。"

体育馆里响起了零星的掌声，来自那些不知道该如何反应的学生。更多人则陷入了尴尬的沉默。

萨曼莎和布雷克入选是理所当然的。即便和大象共舞，萨曼莎也能赢。

布雷克朝萨曼莎笑了笑，她翻了个标志性的白眼，像癫痫发作。

"合作最默契的舞伴——"教练上下打量着队伍，她扬起眉毛，一侧嘴角高高地翘起，"奈尔斯和安迪露西亚。"

奈尔斯的眼睛睁得像两只巨大的鸡蛋。安迪的嗓子里发出奇怪的声音，听起来像是在惊叫：“妈呀。”

安迪朝乔丁笑了笑，但我注意到乔丁并没有对她笑。安迪和奈尔斯转身互相看向对方。“你做到了！”他们俩异口同声地叫道，接着又叫，“想到一块儿去啦！”两个人大笑起来。

戈登拍了拍奈尔斯的肩膀。“干得漂亮，老兄。”虽然这么说，但他的声音里没有了往日的热情。

同学们在交头接耳，不过我认为他们讨论的主要是放学后要做什么，而不是这场方块舞比赛。我相当确定，戈登和我是唯一关心后面的入选名单的人。

教练吹响了哨子，杂音低了下去。“除了旋转和齐步行进做得漂亮之外，论起最佳舞蹈风格和才华——”她看着记事板，拖长了话音，真不知道她这么做是不是为了搞笑，“戈登和佐拉！”

戈登那只没肿的眼睛迸出了泪水。他激动地握紧了拳头：“欧耶！”

“祝贺你们，戈登、佐拉。”教练说。

我手足无措，膝盖发软，短裤不停地往上蹿——刚才匆匆忙忙只顾着擦鞋，竟忘了换上弹力紧身内衣。我的头发炸向各个方向，两只脚旁各积出了一个小水坑。今天的气场和星期五那天完全不一样，我当时跳得很好。如果爷爷的风水理论也适用于体育课，那么我今天的前景可算不上光明。

“最后一对。入选理由也是我最看重的：进步最大的一对。”教练轻笑了一声。

一对？

我的胃被拧成了一股绳。完了。最后的入选者不是那个千辛万苦说服哥哥帮忙，像傻瓜一样对着镜子独自苦练，以为自己也有机会闯进名单的倒霉蛋了。我盯着自己泥泞的双脚，视线越来越模糊，但我强迫自己不要眨眼。

所有人都在叽叽喳喳，没人在乎教练要说什么。

戈登的手拂过我的胳膊。“对不起，卢佩。”

我没有抬头。聊天声越来越大了。

教练又吹了吹哨子。“安静！谁再说话，就去跑圈。”

体育馆陷入死寂，甚至连呼吸声都没有了。我一动不动。

“正如我刚刚说的那样，进步最大……”传来一阵窸窣声，教练显然在毫无必要地乱翻记事板上的纸条，“我还想补充一点，同时也是态度转变最大的……”她说，“最后的入选者是……王卢佩！”

我眨了眨眼，一滴眼泪沿着脸颊滚落下来。我张大了嘴，扭头看向戈登和奈尔斯。

戈登朝空中猛挥了几拳，开心地大笑起来。

乔丁和那几个足球社的女生也在笑，但意味完全不同。奈尔斯探出身子，对我咧嘴一笑。

我瞥了安迪一眼，似乎看到她也露出了一抹笑意，但她没有看我。

“您不是在开玩笑吧？”萨曼莎·平克顿上前一步，走出队伍指着我，“卢佩连个舞伴都没有。”

教练朝看台走了两步，放下记事板，深深地吸了几口气。“这倒是要感谢卢佩，以后再也不会发生这样的事了。从今往后，即便男女生人数不等，也可以灵活调整。而且无论男女，所有人都可以选择自己心仪的舞伴。”

萨曼莎左右摇晃着脑袋。“好吧，那样的话，我就可以选择和更专业的人跳舞了。”

“别说了，萨曼莎！”布雷克脱口叫道，好像意识到自己马上也要一个人跳舞了。

教练猛地把头转向萨曼莎：“我想我刚才说过，谁再说话就……”

萨曼莎张大了嘴巴。

“去跑步吧。”教练说，“其他人，和舞伴一起两两站好。”

萨曼莎跺着脚走出了队伍，迈出了人类能迈开的最慢步伐。大家纷纷朝场地中央走去，自动分成了小组。

布雷克走向教练。“如果萨曼莎今天没法做我的舞伴，我能和卢佩一起练习吗？”

索尔登教练扭头看向我。我还沉浸在刚刚的震惊中，呆呆地站着。

有那么一瞬间，她似乎要同意让我和布雷克跳舞，但接着……“我觉得你们俩今天都自己跳自己的也挺好。”她说着，朝我眨了眨眼。

她说得对，我一个人也能跳得挺好。

布雷克闷闷不乐地走了回来，准备面对独自跳舞的现实。不过，没有萨曼莎，至少不用再担心有人冲他发脾气了。

但是我做不到视而不见。就算他之前没有支持我，我也要支持他。“布雷克。”我在他身后喊了一声，跑到他面前，伸手挽住了他的胳膊。他立刻挺直了胸膛，脸上露出灿烂的笑容。

教练摇了摇头，没有说什么。墙上的电话响了，教练按下了音响的播放键。“全体都有，开练吧！”

大家分成了小组，开始跳舞。

教练慢跑到电话旁，拿起了听筒。“是我。”她侧过身去，我听不到她在说什么。

下一刻，她又转过身来，皱着眉头盯着我。“什么？”我听到了这两个字。她停顿了一下。“我完全不知道。”她闭上眼睛，摇了摇头。“当然，我来想办法。谢谢你告诉我。”教练的目光扫过整个体育馆，似乎在思考什么。接着，她的目光定在了卡尔身上。卡尔正把胳膊举过头顶，忙着从看台下面凿下什么不明黏着物。教练笑了笑，挂上了电话。“特隆森，上这边来！”卡尔拎着橡胶桶和凿子，慢慢地向她走去。

每往前一步，卡尔的眼睛就睁大了一分，他的脚突然跛得更厉害了。

教练伸手搭着卡尔的肩头，就像她给我打气时那样。

卡尔耷拉着肩膀，把凿子和水桶递给了她。

教练注意到我正盯着她。“布雷克，卢佩！”她喊道，“继续跳。”

我只好跳了起来。太兴奋了，我几乎忘记了动作，笑得就像刚刚敲开生日派对上的皮纳塔糖果罐。有那么一刻，我以为教练在生气，但当我看向她时，却发现她露出了满意的笑容。

就是这样，我做到了。我的体育课和其他功课一样拿到了 A，我就要去见傅立了。只剩下一件事——

我双腿一软。我怎么忘了？现在，我得在全校师生面前表演单人方块舞了。

第二十二章

总得有人为此付出代价

一节载入史册的方块舞练习课!

我竟然和布雷克一起练习，而且还由我来领舞。这让我既喜不自胜又惊骇莫名。此外，我还忍不住好奇，辛格校长究竟在酝酿什么样的改变。由于戈登坚持要在下课后再加练一个花式下沉旋转动作，佐拉和我成了最后两个走回女更衣室的人。戈登说，我也该尝试一下这个动作，增强舞台效果。

佐拉拍了拍我的肩膀：“我们会大获成功的，卢佩。”

我本能地想去看她刚刚碰过我肩膀的地方，但我没有那么做。我已经在变好了，我知道她也早已不是那个每时每刻都在挖鼻孔的孩子了。

我们走过拐角，进入更衣室，刚好看到乔丁把一罐已经空了的夏威夷清风剃须泡沫抛给安迪。安迪伸手接住，看上去一脸困惑，但很快把它扔进了垃圾桶。

乔丁夸张地朝我挥了挥手。“哦，嗨，卢佩。”

更衣室里回荡着笑声。我估计会有某些小的嘲弄，但气氛却有些不对劲儿。

越走近我的储物柜，那股椰子气味就越强烈。我抬眼看去，心知不会是好事。果然，储物柜门上写着“瓜达屉屉”几个字，白色泡沫顺着字母边缘流下来，有两个字母完全融在一起。储物柜前的瓷砖地板上还滴落了几团白色的泡泡。

我的脸热辣辣的。佐拉没有笑，她低声说：“她们只是嫉妒罢了。”声音有些颤抖。

我转身看着她。她的眼睛里盈满了泪水：“别难过，我知道这种滋味。”

我的脸突然变得滚烫。

如果佐拉二年级的时候就已经感受到了我现在的感觉，那都是我的错。她看着我，就好像我和她都同属于一个只有我们才能理解的俱乐部。她是对的。而且，当初把她推上这个俱乐部首席的人，就是我。我感到一阵恶心，辛格校长的那句话，我突然理解了。我那时的行为代表了我那时的见识。我现在见识得更多，理应做得更好。

我环顾四周，却不知道怎么做才“更好”。我的目光和安迪相遇，她立刻看向别处。我从未感到如此孤单，真希望脚下突然裂开一个深坑，把我整个吞下去。

并不是每个人都像萨曼莎、克莱尔、乔丁以及她们的跟班那样觉得储物柜上的字很搞笑，但大家还是全都盯着我看。“瓜达屁屁”几个字渐渐模糊，在我的储物柜上变成了一串白色印记，缓缓地向地面流淌。

教练从体育馆走进了更衣室，笑声戛然而止。她站在佐拉和我身后，指着我的储物柜：“这是谁干的？”

我打开储物柜去拿毛巾，滴下来的泡沫溅了一地。我没说话，开始清理这摊热带水果气味的泡沫。

教练从我手里接过毛巾：“去换衣服吧，卢佩。我来处理。”

我努力不让声音颤抖，伸手去拿毛巾：“不用，教练。我可以打扫干净，不是什么大事。”

她没有理我，沿着储物柜中间往下擦拭。最上面一层泡沫只剩下一长溜濡湿的痕迹。

“这是件大事。”她大声说，转头扫视整个更衣室，“我会找出是谁干的。”

教练转过身，结果踩到了地上那摊剃须泡沫，脚下一滑。她本能地伸出胳膊要稳住，却砰的一声倒在地板上，从什么地方传来一声轻微的碎裂声。她双唇紧抿，嘴里发出怪异的咕哝，听起来像在用某种外星语言咒骂。

不知是谁咯咯地笑了。

为什么她们还在笑？她受伤了啊！

佐拉和我没有笑。安迪也没有笑，她正忙着换衣服。我不确定她这么匆忙是因为她也有份儿，还是因为她已经意识到这个恶作剧如今演变成了更严重的事故。

教练搂住左臂，紧紧贴向身体。“等我找出是谁干的，非罚她留校思过一个星期不可！”她呻吟了一声，勉强坐了起来，“所有人都出去！”

每个人都迅速换好衣服，半数女生已经走出了更衣室，但我却呆立在那里，低头看着教练。看到一个孩子摔倒是一回事，但如果看到一位本该照顾我们这些小孩儿的成年人受了伤，就是另一回事了——非常恐怖的事。

她靠着长凳，双眼紧闭，搂着胳膊。安迪拿起东西，跟在其他人后面跑了出去，看都没看我一眼。

教练睁开眼睛，看到了我。“去上课吧，卢佩。”

“好的，我这就去。”我撒谎道。

我知道自己并没有得到许可，但我还是走进了教练的办公室，按下了办公室座机上的“辛格校长”按钮。

“有事吗，贝基？”电话里传来辛格校长的声音。

“不是贝基，我是卢佩。”我低声说，“我们需要帮助。教练受伤了，我觉得她疼得有些意识不清了。别告诉她我给您打过电话，请快点过来。”

“这就来。”校长说着挂断了电话。

其他女生都已经离开去上下一节课了。我拖拖拉拉地穿着衣服。没过两分钟，辛格校长就到了。

教练仍然在低头擦着剃须泡沫。

“别干了，贝基。”辛格校长说。

“哦，我没事。”教练辩解道。然而，她的脸看上去就像球场上的粉笔线一样苍白。

我拿起背包离开，快步走出了更衣室。

乔丁在等我。她挡住了我，一股椰子的奶香味在她身上萦绕不去。

“你还想怎么样？”我问，“还嫌不够吗？”

她双手叉腰，眯起眼睛：“你要敢说出是我干的，我就说安迪是幕后主使。”

我的心猛地一沉：“你为什么要这么做？”

她耸了耸肩，朝主楼走去。“你听到索尔登教练说的话了。总得有人为此付出代价。”

* * *

我知道安迪多多少少牵涉其中，而且她仍然不肯和我说话，可一想到她要为此承担所有责任，我就越发痛恨乔丁、萨曼莎、那群梳丸子头的跟屁虫，还有足球社的女孩们。

这一天真是跌宕起伏。如果我是戈登，这会儿肯定把早餐吐出来了。

迪莉娅家花坛的猫薄荷盆里坐着一只没见过的小猫，但我并没有停下来和她聊天。

我冲了个澡，换上了睡衣。

鬼使神差一般，我打开了电脑查阅邮件。已经过去一个多星期了，网站上的回复已经达到了三千条。光是昨天一晚上就收到了一百四十七封新邮件。我滚动鼠标，看到了“美国公民自由联盟佛罗里达分会支持你！”“你真令人钦佩！”“我也讨厌方块舞！”一类的标题，以及更多的“彻底剔除方块舞！彻底剔除羽衣甘蓝！”，还看到了一大堆要给我捐款的。什么，捐款?！可这根本就不是个筹款网站呀！我拿这一大笔本不该拿的钱做什么用呢?

我看不下去了，关掉了邮箱。发生了这么多事，我没心思考虑这些。

我躺在床上，不知道该怎么解决眼下的问题。

当我睁开眼睛，看到妈妈站在我的卧室门口。

“今天的事，真够糟糕的。”她说，“一起吃爆米花看《神秘博士》吗？”

“让我猜一猜。教练给你打电话了？”

“不，是辛格校长。”她说。

“教练怎么样？”我双手交叉捂住眼睛，想屏蔽掉她躺在更衣室地板上的画面。

“她摔断了胳膊，要打六个星期的石膏，不过会痊愈的。显然，有匿名线报告诉了她，谁是始作俑者。”

事情比我想象的还要糟。教练骨折，事态升级，乔丁已经嫁祸给了安迪。

我侧过身，背对着妈妈。“我不太舒服，想早点儿睡觉。”

“可你连晚饭都没吃。”她看着我，就好像我傻了似的，又伸手探向我的额头，“并没有发烧呀。”

“求你啦。”真搞不懂，如果整个宇宙都在坍塌，谁还会想吃晚饭呢？“我真的不饿。”

妈妈摸了摸我的头。“辛格校长给我发了邮件，把你给她看的那篇报道转发给了我。你为什么不告诉我呢？”

我想起那首歌的歌词，嘴里像被塞了发霉的沙丁鱼。“你也看了吗？我没发给你，因为你喜欢跳舞，什么舞都喜欢。我并不想毁掉每个人心中的方块舞。”

“辛格校长给家长们群发邮件是个正确的决定，”她说，“的确应该由所有的家长来决定该不该和孩子讨论这个问题。”

一股寒意蹿上我的后脖颈。“她给所有家长都发了电子邮件？”我想到自己听那首歌时的感觉，不难想象，当家长们把这个给我的同学们看时，他们会是什么反应。

“卢佩，你发现的是一个我们需要剥开硬痂认真审视的伤疤。最难解决的问题往往讨论起来也最令人不舒服。你认为辛格校长应该低调处理吗？还是说，她应该公之于众，让每个人都能学到东西，并且更警醒？”

我拿起枕头蒙住了眼睛。“你觉得安迪看到了吗？”

她把枕头从我的脸上拿开。“安迪的妈妈不是那种遇到事情会瞒着孩子、认为这么做是保护孩子的人。你们值得被信任，去看到一切好的和坏的事情，并自己寻找答案。”

可是我完全找不到这个问题的答案。

妈妈为我把头发别到耳后。“过去的很多事现在看起来都令人费解。很多人当初那么做，只是因为他们不知道这个世界上还有更好的做法。我小的时候，周围的小孩儿会叫着我的名字辱骂我，嘲笑我是墨西哥人。”

我想起克鲁格家双胞胎兄弟辱骂我的事。不知道为什么，我从来没有告诉过妈妈。

“我们能做的就是给人们一个学习的机会，让他们变得更好。”妈妈叹了口气，“有些人会选择更好的做法，有些人却选择充耳不闻。但无论如何，我们不能假装没有发生过，那样的话，就没有人能够从中吸取教训了。”

我想到了戈登，想到他有多喜欢方块舞。像戈登这样的人永远不会说可能伤害他人的话，永远不会做可能伤害他人的事。“我想，方块舞也不全是坏事。”我说。

“当然不是。”妈妈踢了一个舞步，“一段有污点的过去并不会阻止人们继续跳舞。我们可以取其精华，使它成为我们内心的一部分，但永远不去重复其中的糟粕。”

我想她可能是对的，这让我感觉好了一点儿。然而，那行用剃须泡沫写的“瓜达叵叵”仍然在我的脑海里挥之不去。我翻了个身：“好吧，不过现在我只想睡一觉。”

妈妈俯下身吻了吻我的头。“好吧。”她转身出去，走到门口时又停了下来，“知道吗，明天会更好。”

但直觉告诉我，明天不会。

如果妈妈说的是真的，那安迪已经有麻烦了。

她会被踢出足球社。最可怕的是，她会被留校思过一周，她妈妈则会因此销毁啮约镇，而她只好再重建。说不定，她会被妈妈一直关在家里，一直长到像我们父母一样大的岁数时才被放出来。我可不能让这种事发生在她身上。

可是，我并不知道该怎么保护她。

我想象如果乔丁嫁祸给我会发生什么。留校思过这个惩罚对我来说可能更糟。

我会错过棒球训练。新教练说得很清楚：错过三次训练，失去首发位置。如果我成了轮值的二号投手，那我整个赛季的大部分时间都只能坐在替补席上看着马库斯那张沾沾自喜的脸了，再没有比这更糟的了。

那安迪呢？她唯一想要的就是让她妈妈为她感到骄傲。

我不知道该如何帮助她。爷爷说，没有必要去对抗所有的事，要试着去克服。我该如何对抗乔丁，同时又能克服眼下的困境，不让安迪陷入麻烦呢？

突然之间，我开始觉得，我之前汲汲以求的一切都不如帮助安迪重要。如果能让她摆脱麻烦，我愿意放弃所有。我侧身躺着，盯着墙上傅立的棒球新秀卡。如果是爸爸，他会怎么做？

我没有投球，耳边却响起了他的声音，依然清晰，依然响亮。

一场完美的比赛，不一定要全部投中好球区。去做那件对整个团队来说最好的事，甚至为此牺牲自己，这是最重要的。

我做了个深呼吸。我不知道是因为爸爸的话，还是爷爷调整的风水，这次……

我的确知道该怎么做了。

第二十三章

一股烧灼般的绞痛

没时间刷牙了。如果和奈尔斯一起走路上学，到校的时候就会有太多的孩子、太多的骚乱和意外了。我需要辛格校长把注意力放在我身上。

我打电话给奈尔斯，告诉他我要早点儿去学校，他可以让爸爸妈妈开车送他。我又给妈妈留了张字条，说我今天得早点儿去学校参加学习小组。这算是撒了个小谎，但事出紧急，来不及担心后果了。我差不多是跑步去了学校。

我擦去额头上的汗，敲响了校长室的门。这情景有些似曾相识。

“哪位？”辛格校长应道。

为了这次谈话，我打起了全副精神，照顾到了所有礼仪。我轻轻把门推开一点点，探头进去："又是我，卢佩。我能和您谈谈吗？"

她在卷瑜伽垫，看起来格外冷静。"当然可以。"她示意我进去，"是关于昨天体育课后发生的事吗？"

接下来要说的话都是谎言，但我还是把一只手插进口袋里，交叉手指做了个祈祷好运的手势。既然已经开门见山，我就得抢在她说出她听到的故事之前说出我的版本："是我把剃须泡沫涂在储物柜上的。"

辛格校长拿起水杯，慢慢地喝了好一阵儿才放下，然后双手交叉放在桌子上。"你是说，是你做的？"

"是的。"我保持声音平稳，"可能有人告诉您是安迪干的，那个人在撒谎。不是安迪。"

校长身子向后，靠着她的大皮椅子，眯起眼睛端详我。"这倒挺有意思。我想，我并没有对任何人提起过安迪露西亚的名字。"

我的头皮阵阵发麻。只有一次机会，但我快搞砸了。"嗯，确实是我。是我干的。"

"涂在你自己的储物柜上？"她问道。

"我知道这听起来不合逻辑，"我说，"但我去医院做过检查。额叶皮层发育不良，所以有时候会做出糟糕的选择。"

她叹口气，摇了摇头："卢佩，你应该知道，这个肇事者会挨留校思过的处分吧？”

“是的，我知道。”

哪个孩子会承认故意弄脏了自己的储物柜呢？更何况大家都知道是怎么回事儿。可以想见，未来两年我都会被大家当成笑料了。

“你确定是自己做的？”她问道。

我不敢直视她的眼睛。“我以为，如果我把自己的储物柜弄脏，就会……”

“会怎样？”她示意我把话说完。

“会……”

“怎样？”

“会让别人觉得我很可怜，并且意识到棒球比足球好。”

辛格校长皱起了眉头：“这又是什么意思？”

我演得不错，除了最后半句没说好。不需要牵扯上别的，我只需要反复强调一个事实——我是单独行动的，没有同伙。

“我知道，这实在是个愚蠢的理由，但的确是我做的，我一个人，所以我必须付出代价。”我低下头，假装很惭愧。

“好吧，这里面的故事我没有完全搞懂，但我别无选择。”她说，“你破坏学校财物，罚你一个星期的放学后留校思过。”

我心满意足地笑了，但立刻咬住了嘴唇，像是有点紧张。“我明白。”

辛格校长写了一张留校思过通知单，推到我面前。

“想清楚，如果你签了字，就等于宣布那个人是你。既然你坚持这么说，我就得相信你。”

“我明白。”我有点迫不及待地拿起纸和笔签上了名字，生怕她改主意。就在我签字的时候，内心传来一股灼烧般的绞痛。我知道，这么做除了帮助安迪，还意味着很多很多。**去做那件对整个团队来说最好的事，甚至为此牺牲自己，这是最重要的。**

就这样，我牺牲了今年一号投手的位置。

* * *

我只跟奈尔斯说了冒名顶替的事，他也守口如瓶，但到了星期三早上，我自愿受罚的消息就传开了，但也有人说这是个彻头彻尾的谎言。至少有十个人看到是乔丁干的，这倒是和我预想的不一样。几乎每个人，包括我的棒球队队友（甚至包括马库斯，不过他才不是因为同情我），都对我好了一点儿。

辛格校长说我做的“那件事”和校庆庆典无关，所以星期五早上我仍然会上台独自跳舞。不过，她还是没有透露打算用什么法子让方块舞变得更好。

在去体育课的路上，佐拉和我、戈登、奈尔斯走在一起，仿佛我们是老朋友一样。佐拉忙着在手机上看一个小孩和自己的狗狗跳方块舞的照片。我们还看到两个七年级的学生在数学考试前练习齐步行进以求好运。所有人都多多少少被方块舞地感染到了。最终，我们也会像父母一样，在孩子们面前大秀舞技，吓唬他们。

现在，我明白了。想对抗方块舞，压根儿就没有胜算。

我进更衣室的时候，安迪已经换好了衣服，但仍然站在我们的储物柜旁。她微微垂着脸，但至少看着我的眼睛。她在抠指甲。

“你为什么要承认那件事？我们都知道那不是你做的。”

储物柜的柜门上残留着一竖条痕迹，依然带着一股椰子味。我放下背包，打开了储物柜。我打赌安迪压根儿不知道乔丁想让她背黑锅的事。“我也不知道，我猜……”

教练的哨声响起，今天这一声比平时吹得更长、更响亮。谢天谢地，正是时候。我也不知道该对安迪说什么才好。

教练站在办公室门口，一手拿着哨子，另一只胳膊上打着石膏，石膏表面涂着华盛顿大学紫色、金色相间的条纹。“都听好了。大家知道，我们这学期的方块舞课程即将结束，星期五上午的鲑鱼节庆典将是最后的表演。”

每个人都在欢呼，听不出是为鲑鱼节上跳方块舞很酷而欢呼，还是为再也不用练方块舞而欢呼。“明天不上体育课，所以，今天就把你们储物柜里的臭衣服拿回家。”她放下哨子，指着我，“卢佩！到我的办公室来一趟！”

我急忙扯了扯借来的运动裤，跑了过去。我再一次忘了带运动裤——有些事情永远不会改变。

安迪朝我咧嘴一笑。那只是浅浅一笑，但我很久没见她这样看我了。“等一等。”安迪把手伸进自己的储物柜，递给我她的足球短裤。

我别开目光，眨着眼睛忍住眼泪，从她手里接过了短裤。“谢谢。”

“我妈妈收到了辛格校长发的邮件。”她说着关上了储物柜，“是你发现了那首歌的事吧？”

我点头。

“那你为什么不告诉我？”她问。

“我们不是不说话了吗。”我假装低头系鞋带，这样就不用直视安迪的眼睛，“再说……那个歌词真的很难听。”

“我听了。”她说。

我抬起头，刚好迎上了她的目光。在目光相遇的那几秒钟，太多的东西倏忽闪过，远比我们想说的要多得多。

“我很高兴你把这件事说出来。”她弯下腰去锁储物柜，“谢谢你，卢佩。”她抬头看了我一眼，笑了。

我知道，我们的友谊并没有恢复如初。但是，一切都会好起来的。

“卢佩！”教练办公室的方向传来一声呼喊。

“这就来，教练！”

我敢说，教练完全知道，并不是我往自己的储物柜门上涂了椰子泡沫。不过，万一她真认为这事是我干的，自然也会让我为她的胳膊负责。

我不知道将要面对的是什么。幸好，教练看上去一点儿都不生气。我什么也没说，只是站在她面前，一双手好像多余了一样，无处安放，夹在了腋下。

“我没工夫琢磨你到底是怎么想的，说吧，你为什么要承认一件压根儿不是你做的事呢？”她拿起一支铅笔，插进石膏绷带里面挠了挠，“有什么充分的理由吗？”

我挠了挠出汗的腋窝。“如果我向您解释，并不意味着我在说不是我做的，对不对？”

“当然，”她说，“我只是想听听你的解释。”

我能想象得到，如果安迪的妈妈发现这件事和安迪有哪怕一点点关系，会对她多么失望。“是的，我的确有充分的理由。”

第二十四章

像质子一样思考

索尔登教练当然向我妈妈出卖了我。她告诉妈妈，她知道我并没有做那件事。于是妈妈罚我一个星期倒垃圾、洗碗，还要打扫阿兹特克主题卫生间，因为我骗了辛格校长。她说这就是欺骗校长的后果。

星期四上午，辛格校长宣布，星期五晚上，原本取代一年一度运动会的无性别限制的赛迪·霍金斯方块舞舞会（这当然是我的错）计划有变，将改为学校的首届年度家庭文化欢庆夜活动（这或多或少也是我的错），每个人都能参加。不过，我知道辛格校长是希望营造一种更包容的文化氛围，这个方向是正确的。我想起整件事最开始的时候，安迪曾指出，任何一种文化都不该比其他文化更重要。如果我听进去了她的话，一开始就去找辛格校长，告诉她我们的观点，后面会发生什么呢？不过，现在再说这些都太迟了。

第三天的留校思过结束了。我努力不去想马库斯站在投手丘上得意扬扬傻笑的样子。木已成舟，多想也没有用。

星期五早上，闹钟还没有响，我就早早醒了。我知道我是在为今天的庆典忐忑不安。我穿着睡衣走到屋外，投了十个曲线球、十个变速球、三个蝴蝶球来集中注意力。

明知不该分心，但我还是去查了邮箱，已经收到2874封邮件了。标题栏中冒出了这样一条："为了支持你，我刚刚打碎了我的小猪存钱罐！"我几乎不敢细看，赶紧关闭了邮箱。

我匆匆跑回房间，发现妈妈站在那里。

她的脸上挂着怪异的微笑，从身后拿出了一双牛仔靴。

"我不要。"我说。

"听着，你总得扮好自己的角色。学校规定了，要穿跳舞的服装。"她把靴子高高举在空中，仿佛它们是什么神奇的上古遗物。

我指着自己那双满是裂纹、粘着戈登的呕吐物和淤泥的鞋子："我穿惯了自己的鞋。要是穿这个跳舞，我会从舞台上摔下来的。"

“好吧，不过……”她把我的背带裤从身后的床上提了起来，又是一脸憨笑。背带裤上缝满了红色的方块补丁。

“妈——妈！你做了什么?！”我本打算穿着背带裤去参加庆典的，可现在根本没时间准备新衣服或者剪掉这些补丁了。

“舞会结束后，我们可以把这些再拆下来啊。”她把裤子伸到我面前，像我小时候那样，让我直接把腿伸进去。“保罗跳方块舞的时候，我都没机会做这些。”她说。

“可不是,他们那时候可没有这么愚蠢透顶的庆典！”

她没有接话，帮我把裤子提到了腰部。

保罗走进我的房间，手里拿着一只墨西哥宽边帽。

不是吧?!

妈妈朝他摆了摆手，仿佛他是一个无能的助理。“不，不是这个！我要的是草帽。”

保罗跺着脚返回车库。

“要不……就不戴帽子了？”我说。

她干干脆脆地拍了拍手，声音比平时高了一个调：“这样会让你看上去更‘正宗’。”

等她看到其他孩子都有舞伴而我只能一个人跳舞的时候，就不会这么兴致高涨了。前面太过高兴，后面就很容易失望。

“你肯定知道的吧？我是一个人跳舞，就像个灯塔一样孤零零的。”我站了起来，背带裤落到了膝盖上。

“哦，我当然知道。”妈妈笑着帮我把裤子拉起来，又为我扣好背带，“你会成为舞台上最最壮丽的灯塔的。”她吻了吻我的脸颊。

保罗走了回来。这一次他拿的绝对是草帽，边缘的草梗好像乡巴佬衣服上的流苏一样耷拉着。

“不是吧？我可不想戴帽子。”既要让妈妈们觉得自己很有用，又不至于伤害她们的感情，要把握好这种微妙的平衡相当不容易，“我是说，如果是别的什么乡村风舞会就算了，可是我今天想在台上看清楚所有的人呀，这帽子会遮挡视线的。”

“哼！”她不满地嘟囔了一声，抓起我床头柜上的梳子。我还以为她会更在乎我一个人跳舞这件事，而不是戴不戴帽子之类的。

她把我的头发分开，为我编了两条法式麻花辫子，又伸手从口袋里拿出了一管睫毛膏。

“不！”

她歪着头，睁大了眼睛，好像不相信我会生气似的。“不过是点几个雀斑。”

我双臂交叉抱在胸前。

“好吧好吧，那就算啦。”她把睫毛膏放回口袋，又帮我调整好衬衫的领子。

我伸手摸了摸背带裤上的补丁，长叹了口气。

“知道吗？我们像你这么大的时候，贝基·索尔登跳方块舞的经历也挺惨的。”

“总不会比在全校师生面前跳舞更惨吧。”

“哦，比这更惨。”

“真的？”我吃了一惊。

“是真的。”妈妈完全没有笑。

她俯下身来，帮我像农夫那样把裤腿卷到了小腿处。唉，我可以等她不注意的时候再把裤腿放下来。

“能和我说说吗？”我问。

她挨着我坐下。“选舞伴的时候，所有的男生都开玩笑似的一个接一个走到她面前，然后又从她身边走过，去邀请别的舞伴。最后只剩下她一个女生，还有一个名叫布鲁斯的男生。”

布鲁斯这样的名字，一听就不会有什么好事。

“和前面的男生一样，布鲁斯走到了她面前。只不过，他停了下来，鞠了一个躬。她已经窘迫得不像样了，但还是像老师要求的那样，伸出手去拉布鲁斯的手。”

“这有什么大不了的？很多人的舞伴都很差劲儿。”

“我还没讲完呢。就在贝基的手碰到布鲁斯之前，他忽然跳了回去，尖叫着跑向男生更衣室。所有人都大笑起来……只有贝基愣在那里。”

“然后呢？那个男生最多挨批挨罚，最后不还得和我们教练跳舞吗？”我问。

“啊，老师的确是这么说的——罚他跑两圈，然后立刻回去和贝基跳舞。结果布鲁斯说，他宁愿放学后留校思过也不愿意和猿猴跳舞。”

即使过去了几十年，我还是为教练的遭遇感到有些心痛。“那后来呢？”

“后来，布鲁斯被罚留校思过，贝基一个人跳舞。”妈妈的声音听起来就像是，如果这两个人此刻就在我们面前，她会把教练搂进怀里，然后狠狠踢布鲁斯的裤裆一脚。

我是因为班上少了一个男生，索尔登教练才真是被羞辱了。“太可怕了。”我抠了抠裤子膝盖上的一块红方格，“不过，总比一个人在全校面前——”

“更糟。整整两个星期，每次体育课练习跳舞的时候，只要有男生换到和贝基跳舞的位置，都会学着猴子发出各种声音，比如‘哦哦哦，叽叽叽，咿呀咿呀’。甚至有的女生也跟着学猴子叫，还假装挠自己的胳肢窝。”

也许教练坚持让我自己跳舞，也是三十年前那次创伤的延续吧。现在我知道为什么当她说到“总会有人落单”

以及“这可以塑造你的性格”之类的话时，目光总在看着遥远的地方了。

就算是萨曼莎、乔丁和其他人对我做的那些事，也没这么侮辱人。“哇哦。”我不知该说什么好。

“是啊。我们的中学生活也是一团糟，卢佩。”

门铃响了。

“是奈尔斯。”我的心跳加速。我们已经约好了，今天比以往任何时候都更需要抱团保平安。

“我去开门。”妈妈站起来亲吻我的额头，“你会跳得很棒的，卢佩。”她说着朝门口走去。

我坐在地板上，系好鞋带，放下了卷起来的裤脚。一抬头，就看到安迪站在我家门口，手里提着一个鼓鼓囊囊的抽绳塑料袋。她脑门儿上全是汗，紧紧咬着下嘴唇。

“嗨。”我愣了一下，开口问候道。

她没有回答。

“嗯……怎么啦？”我问。

“我不知道还能去找谁，”她说着，手伸进袋子里，拉出了一条裙子，蓬蓬的褶边比门框还要宽。“鼓励”的精油香味扑面而来。

“哦，不。”我低声说，“是奈尔斯的妈妈做的。”

“你怎么知道？”

这是一条蓝金色相间的裙子，上面布满了朝向不同方向的男人躯干的图案。其中有一个留着黑色直刘海的男人，穿着一身好像蓝精灵皮肤颜色的紧身长袖衫。我认出那是奈尔斯房间里新挂的《星际迷航》海报上的人物之一。我猜，他大概是在挥手，动作和奈尔斯对戈登做的那个抽筋的手势一样，无名指和小拇指像用胶水粘在了一起。

“她对这个创意非常兴奋，就问奈尔斯行不行……然后奈尔斯就问了我……”安迪叹了口气，“她对这条裙子超级满意，我们俩都不忍心拒绝她。”

这可太糟了。一旦学校的同学看到他们俩穿成这样……毫无疑问，他们非常需要我。

我歪着头，试图弄明白那个奇怪的手势。“他这是在玩手影游戏吗？比画小狗的脑袋？”

裙子上另一个一身金色的家伙手握着一个古董翻盖手机似的东西，不怀好意地斜睨着我。

安迪弱弱地说：“那是史波克和寇克舰长。”

“你是说《星际迷航》？”我问。

“是啊。是 TOS。”她答。

“TOS？”

“就是……原初系列。”

“不会有事的。我们离观众远着呢，没人会注意到上面这些奇怪的图案。”

“也许吧。”安迪提起裙子，蓬蓬的褶皱撞到了我的头，“可要是我穿着这个跳舞，舞台大概就会被我占去一半。”

这倒是真的。

安迪扑通一声坐在我旁边，第三次郁闷地长叹了口气。“卢佩，你为什么说是你做的呢？”

我耸了耸肩：“我也不知道。我们以后再谈这件事好不好？”

“我知道乔丁打算让我背黑锅。”她说。

我猛地扭头看向她。我只对一个人提过乔丁的威胁。“你怎么知道的？”

“奈尔斯告诉我的。”

“哦。”

“可是，你为什么那么做呢？”她又问了一遍。

我忍不住飞快地瞥了一眼放在床尾的棒球手套，尽量不去想象坐在替补席上看马库斯投球的情景。“我猜是因为，我觉得要是换了你的话，会比我失去更多吧。”我的头深深地垂了下去，“真对不起，我不该说那些话，说你妈妈、编程课、足球，还有尿裤子什么的——”

“哦，我退出足球社了。”安迪打断了我的话。

“什么？”我是不是该高兴？可细想想，貌似我为安迪做的牺牲全是白费劲儿……

安迪盯着地板，抠着拇指指甲。“我告诉乔丁不要再跟我说话了。所以，很自然，其他人也不会再跟我说话了。”

她不用再多解释什么了。我知道，安迪亲手毁掉了自己的“社会地位”。

“那你妈妈呢？她不是说你必须得踢足球吗？”

“我妈妈已经有过她自己的中学时代了。虽然你说的话够刻薄，但其实有点道理。如果非要我按照她的希望做事，她才会为我感到骄傲，那就随她的便吧。不过，我猜今天在全校面前跳舞，多多少少能弥补一点儿。”

我希望她是对的，也希望啮约镇能躲过一劫。

我们俩静静地坐了一会儿。

“一个人真是一点儿意思都没有。”我终于说。

安迪抽了抽鼻子，但我看不见她的脸。

“对不起，是我没有珍惜你。”我说，“我以后再也不这样了。”

安迪拿起我的枕头擦了擦鼻子。我默默地提醒自己，晚上睡觉时别忘了把枕套翻个面。

她转向我，点了点我的鼻子。我也点了点她的鼻子。

我把手伸进床头柜，拿出一只密封塑料袋，递给安迪。里面有两块微型的景观石，一枚小贝壳——我觉得可以当作老鼠的餐盘，还有一块老鼠身材大小的白牛皮，是我从球场上捡到的棒球上剪下来的，可以给老鼠当外套。

安迪咧嘴笑了，不过仍然用力抠着指甲，看起来好像要抠到骨头了似的。她的嘴巴几次张开又合上，似乎有话要说，却怎么都说不出口。

“怎么了？”

安迪深吸一口气。“我在想……”她话说到一半，又停了下来。

我想到她爸爸的工作有多忙，她妈妈又是多么听不进她说的话。“想什么？”我问。

她的嘴角上扬，绽开了一个小小的笑容。“下个周末在西雅图中心要举办一场猛禽展会。想去吗？”

我笑了，暗暗咬了咬牙。说心里话，我宁愿去舔青蛙。“如果你想去，当然可以。”

她的双手平静地放在膝头：“我想去。”

看来，如果我要和安迪、奈尔斯成为更铁的好朋友，我就得习惯猫头鹰呕吐物和动漫展。她推了推我，我站起来，向她伸出了手。她微笑着拽住了我，我把她拉了起来。

我们一起把蓬蓬裙摊在地板上，摊开褶边。安迪握着我的手保持平衡，踏进裙腰中间，像玩扭扭乐游戏一样把裙子套了起来。我又帮她换上了鞋，因为一穿上裙子，她就完全看不见自己的脚了。然后，我们俩挤挤挨挨地走出了卧室，来到客厅里。

妈妈走过来，一看到安迪的裙子便下意识后退了一步："天哪！"

我向后退了一点儿，以免被安迪看到，然后疯狂地朝妈妈摇头。

幸好，妈妈立刻领会了我的意思，改口赞道："哇，多漂亮的裙子啊！"

安迪虚弱地笑了笑。

"哎呀，看得我都想给自己弄这样一身啦。"妈妈说。

我知道这是个谎言。而且就连妈妈都能想象得到，如果让我们坐校车，会遭受什么样的折磨。

我走出前门，奈尔斯正站在门口等着我们。他穿着一件带纽扣的衬衫，面料和安迪的裙子一样。看到我时，他耸了耸肩，微微一笑。接着，安迪从我身后走过来。奈尔斯稍有些忸怩，但还是快步走到她身边。他衬衫上的《星际迷航》胸针和她的裙子很搭。他们俩站在一起，就像柠檬和蓝莓味的"快乐牧场"水果软糖融化旋转，又渐渐变成了两坨人形。

"你觉得怎么样？"奈尔斯紧张地问道。

安迪伸出拳头，目光凶狠地盯着他："我们肯定能搞定！"

奈尔斯微笑着伸出拳头，抵住了她的拳头。

妈妈打开车门喊道：“全体上车！”

我们一起把安迪塞进车里，奈尔斯和我一左一右坐在两边。安迪的裙子不停地挠着我的胳膊，我只好把夹克塞在我们俩中间。

终于到了学校。车停在学校前面，奈尔斯推开门。

“等等。”我伸手拽住门把手，又关上了车门。同学们已经陆续到校，走廊里挤满了人。我还没有准备好。

驾驶座上的妈妈转过身来。“不会有事的，你们三个看起来都棒极了。”她再次激活超能力，晃着身子开始唱起《老丹塔克》。不知怎的，这一次并没有像几个星期前那样尴尬。

安迪伸手越过奈尔斯，推开车门：“闯出去就好了。”

奈尔斯朝我点点头：“她说得对。再怎么拖下去，该来的还是会来的。”

安迪在他身后耸了耸肩：“对。”

我们一起把安迪从车里拉了出来。她的裙子夸张地展开，好像一把巨大的中国折扇。

被家长送到学校的孩子们从我们身边走过。大多数人都好奇地望向我们，面露微笑。我知道，他们是在庆幸自己不用像我们这样。朗格伦先生从我们身边走过，身上穿着一件荧光黄的T恤，胸前写着：“像质子一样思考，永远正向，永远积极！”他朝我们竖起了大拇指。说实在的，这可不是我期待的那种支持。

一个男生从我们身边经过，拉长了音赞道：“漂——亮。”我们三个互相看了看，笑了。

我们面对着学校，站成一排。教室的窗户盯着我们。通往教学楼的对开门大敞着，好像张开大嘴要把我们吞下去，因为我们竟敢穿成这个样子来上学。

第二十五章

总会有人独自跳舞

帷幕闭着，我们挤在舞台上。当然，我们班上这四“对”舞者都被安排在了前列。我不禁有点好奇，对于方块舞的队形来讲，有没有什么风水方面的讲究。

布雷克和萨曼莎站在一起，穿着像是专门为参加《与星共舞》综艺节目定制的套装。萨曼莎肯定认识专业的舞蹈服装定制商，这次就用上了这个资源。他们俩的演出服是学校标志性的蓝色和绿色，围绕周身以对角线拼接的方式做了设计。两个人站在一起时，身上的图案刚好拼合成一个绿色的三角形。但他们并不默契。萨曼莎肩头一甩，躲开了布雷克，三角形变成了斜方块。

教练站在舞台的一侧，正在给卡尔和另一个负责播放乐曲的孩子做指导。显然，体育课上辛格校长打给教练的那通神秘电话说的就是我给她看的糟糕歌词，同时问教练有没有什么法子补救。教练刚好知道，那位长了足底疣的倒霉蛋能给《稻草里的火鸡》这首歌增加一些自己的风格。她甚至给了卡尔“创作的自由”，让他想怎么写就怎么写，只要不带脏话或贬损的言辞就可以。

佐拉紧张地搂着自己的腰。她穿着一身蓝色方格布裙，看起来像《绿野仙踪》中的多萝西穿上了一身万圣节真人秀的衣服。她的脚紧张地轻点着地面，喃喃自语道：“他上哪儿去了？”

安迪转头面对奈尔斯，低声说：“我们已经跳过无数次了，只要假装这就是在体育课上就好，明白吗？”

奈尔斯微微点头：“那是我先开始数数，还是你先？”

安迪深吸了两口气：“我觉得还是你先数比较好。”

我独自站着，不停地绞着双手。接着，我闭上眼睛，想象自己正在和保罗跳舞。

“嘿，伙计们。”戈登上气不接下气地跑上了舞台。他是唯一没有穿妈妈、奶奶或专业舞美设计的服装的人。他下身穿着黑色裤子，上身则套了件红鲑鱼萨米运动衫，护目镜拉到头顶，头发从下面支棱出来。他朝奈尔斯、安迪摆了摆手：“衣服真不错。我看出来了，你们俩这是代表星际舰队出场呢。”戈登的肿眼泡已经褪去，但脸颊上仍有一道新月形的淤青。

奈尔斯咧嘴笑了，按了按胸针，胸针啾啾地叫了几声。

戈登移下护目镜，端端正正地戴在脸上。

“眼睛怎么样？”我问。

“会痊愈的。我想，男人的成长总要付出代价。”

奈尔斯点了点头，十分认同。

戈登又从口袋里掏出一个亮晶晶的红色蝴蝶结，双手递给佐拉：“可以吗？”

佐拉的脚停止了打拍子，看戈登帮她把蝴蝶结别在了辫子上，脸涨得通红。

预备铃响了。

索尔登教练在舞台前吹响了哨子。为了配合自己的舞蹈队，她特地穿了一件紫色的衬衫。她试着把衬衫塞进裤子里，可只有一条胳膊能使得上劲儿，只得放弃。“好吧，全体都有，你们都知道自己的站位。我们大约还有……”她看了看手表，“八分半钟。”

我的脸麻酥酥的，跟脚被压麻了的感觉差不多。

安迪闭着眼睛，慢慢地吸气、呼气，双臂伸直放在身体两侧，像是某种瑜伽站姿。奈尔斯则微微深蹲，像他平时那个相扑摔跤姿势的改良版。他的嘴在动，看得出来，他这时也进入了冥想状态。戈登则口齿不清地自言自语：“你独一无二，你强大无比。”

舞台帷幕外传来嗡嗡的说话声和嘈杂的脚步声。

奈尔斯深吸了一口气，站直身子。“你感觉怎么样，卢佩？”

我透过帷幕中央的小开口望向座无虚席的礼堂。“六神无主。”

“两件事让你选：被吊在一根着火的绳子上，下面是爬满响尾蛇的大峡谷，或者五分钟后上台跳舞。你选哪个？”他微笑着问我。

我忍不住捂住肚子，闭上了眼睛：“响尾蛇”。

下一刻，我差点儿被一个熊抱扑倒在地。我睁开眼，红鲑鱼萨米正盯着我。是戈登。“没事的，卢佩，你也强大无比。”

接着，安迪走过来搂住了我和戈登二人。然后是佐拉。当我们四个挤作一团时，奈尔斯最后过来，用力把我们搂紧。

我想起了妈妈告诉过我的话……在中学时代，只要有一个好朋友就能继续生活下去。

现在我有四个。

教练的哨声比平时轻柔了许多：“大家各就各位。”

奈尔斯从口袋里掏出耳塞，塞进了耳朵。戈登把运动衫拉过头顶脱了下来，动作夸张地甩到了舞台一侧。他里面竟然穿了一件黑色的正装衬衫。大家惊讶得倒吸了一口气。衬衫上红色和白色的水钻在闪闪发光。我眯起眼睛端详，发现这些水钻拼成了千年隼号的形状。他转头看向奈尔斯，两人都笑了起来。戈登把手放在臀部，忽然，一件斗篷好像蝴蝶的翅膀一般，在他的肩胛骨和手腕之间展开。佐拉笑了，眼睛瞪得比她第一次看到他那身新衣服、新发型时还要大。

教练看着戈登那身衬衫，眉头紧锁："这是什么？"

"是风格和才华，教练。"他的腰带上系着一只小小的黑盒子。他按下盒子上的按钮，抬起胳膊，展开翅膀，黑色的织物上立刻布满了一粒粒光点。他开始旋转，灯光、衬衫上的水钻，再加上那闪闪发光的翅膀，整座舞台上都晃动着神奇的弧光。

红色和白色的光芒在教练的眼中闪烁，她的脸变得和那些弧光一样红。

戈登按下按钮，关掉了电源。"怎么样，不错吧？"

麦克风里传来辛格校长的声音："同学们、家长们，各位市领导，欢迎莅临我们伊瑟阔鲑鱼节校庆活动的开幕式……"

我们全都紧张地僵立在那里，戈登也呆住了。教练没办法，只好把我们赶到了既定位置，然后挨着我在左侧帷幕后面坐了下来。

麦克风继续发出尖厉的声音："我们有给野人钉尾巴

的游戏，之后是咬苹果比赛，再后面还有伐木表演。接下来是休息时间，大家可以品尝咱们本地的蓝莓派……”

会场上传来一阵阵期待的欢呼声和掌声。

“然后，”校长提高了声音，“我们会一起散步到鲑鱼孵化场去。”欢呼声和掌声戛然而止。

“在这里，我想跟在座的各位说，我们都来自世界各地，”她继续说，“当然，也有一些民族已经在这里生活了数千年。所以，正如我已经宣布的那样，我们将运动会和赛迪·霍金斯舞会改为了家庭文化欢庆夜活动。我在此提醒并邀请诸位参加。”

会场上响起了两记掌声。一声来自我身边的戈登，另一声则来自一位梳白色马尾辫的小老太太，我透过帷幕缝隙看到了她。虽然她的牙齿比戈登的完整多了，但我还是一眼认出了那款笑容，她就是戈登的奶奶。

“的确，这非常令人兴奋，”辛格校长说，“不过首先，让我们回到数年前，回到电臀舞还没有流行的时代，回到说唱音乐还只是男士发出的舞步指令的时代。”

坐在后台的索尔登教练笑了，但观众们一片沉默。

“长话短说……”辛格校长继续说，“请允许我向各位介绍……”

礼堂里响起了刺耳的小提琴声和拨弦的班卓琴声，《稻草里的火鸡》舞曲响了起来。

“红鲑鱼方块舞队！”

帷幕拉开。礼堂里十分拥挤，坐满了学生。不光如此，还有很多人和老师们一起站在过道里。大家纷纷举起相机和手机，小红灯一闪一闪的。我专注地盯着前方，提醒自己要微笑，不要像幼儿园照片那样傻乎乎地扮鬼脸。我随着音乐开始倒数，马上就要开始跳舞了，三……二……

音乐戛然而止，礼堂里一片静默。

我和安迪首先对视了一眼，接着又看向舞台一边。教练朝那个负责音响的孩子跑去。只见卡尔拿着麦克风站在旁边，那个孩子把光盘从音响中退出来，用袖子擦了擦，哈了一口气，又擦了一遍，动作慢得就像是有大把的时间一样。

卡尔的声音在颤抖：“呃……呃……感谢大家的耐心等候。”

我盯着观众，努力挤出笑容。

乔丁和足球社的女生们坐在第五排。她们用胳膊肘互相推搡着，朝安迪指指点点。安迪也看到了她们，她抬起下巴，目光看向别处。

教练从那孩子手中夺过光盘，把它放回播放机中。

我扫视了一圈观众。妈妈没有骗我，真的来助阵了。她坐在第三排，刚好在我面前。保罗、爷爷、奶奶还有外婆也和她坐在一起。真不敢相信她为了这次活动居然把保罗从学校拉了出来。保罗一脸傻笑地举起手机给我拍了张照片。毫无疑问，他又为我将来婚礼上播放的幻灯片积攒了一张令人尴尬的素材。外婆紧张地笑着，双手交叉放在膝头的大手袋上。爷爷系了领带，奶奶做了头发——只有出席特殊场合才会这样。我与奶奶目光相遇，她朝我微微一笑，点了点头。

棒球队的队员有半数都坐在礼堂的另一边，他们都在向我和布雷克招手。

我扭头去看布雷克，看他是不是也看到了他们。他朝我笑了笑，做了一个击球的手势。小提琴的声音再次响起，接着是班卓琴。

戈登按下了黑色按钮，朝观众们举起翅膀。观众爆发出“喔喔”“啊啊”的惊叹，其中也夹杂着一些不怀好意的窃笑。

我探着身子，越过戈登的翅膀看到站在他另一边的奈尔斯。奈尔斯凝视着观众，好像面对一群迅猛龙，身体重心不停地从一只脚换到另一只脚。我担心他可能会崩溃，本能地想离开位置去帮他。

安迪拍了拍他的肩膀：“你确定没问题吗，奈尔斯？”

他点了点头：“没问题。”

他转头看向安迪，我听见安迪开始用克林贡语数数：

“瓦、查、崴、罗斯。”

奈尔斯也开始和她一起数数，身体不再摇晃。

教练举起那条没受伤的胳膊，用手指示意倒数：“三，二，一。”

我跟着她倒计时的节奏轻轻踮着脚。开始了。

卡尔的声音随着舞曲响起：“向舞伴行礼。”

男孩们和我一起鞠躬。女孩们行屈膝礼。

“绕臂旋转。”

舞台随着我们的脚步在颤动。我伸出胳膊，挽起假想的舞伴，和其他舞者一起旋转。我们跳得虽然不像《大河之舞》那样精准，但脚步声也好像隆隆的鼓声，在会场里轰鸣。

音乐声在礼堂比在体育馆响亮得多，指令反而听得不太清楚，但我已经记住了所有的步骤。我竟然跳得十分开心，差点儿忘了自己是在舞台上，而不是和保罗在客厅里。

卡尔一瘸一拐地向舞台中央走了几步，当熟悉的副歌部分开始时，他的歌词已经与之前完全不同了……

“疣子长在我的足跟，现在被装进罐子里。疣子长在我的足跟，现在被装进罐子里。我把疣子挖出来，存起来，摇一摇，好像摇匀我的盐罐。”

他拿起小玻璃瓶摇了摇，两个肉块在甲醛溶液中相互碰撞。

“疣子长在了我的足跟，现在被装进罐子里。”

我都没有反应过来自己究竟听到了什么。观众们看上去也是一脸困惑。辛格校长做到了。过了今晚，只要听到这个旋律，我的耳畔永远都会响起卡尔的说唱。

“互绕步，朋友们。”卡尔发出了口令。

戈登开始旋转，他的水钻和翅膀上的灯光在舞台上营造出无数细小的闪光，看起来好像一场激光秀，当然也可能引发一屋子人的偏头痛。再加上佐拉那身蓝白格子连衣裙，头发上别着的与之相配的红色亮片蝴蝶结，他们看起来真有点像多萝西和一位会发光的巫师。

奈尔斯和安迪则是完美的一对，他们用数数保持同步，每个舞步、每个交叉旋转、每个绕臂旋转都步调一致。我领悟到了奈尔斯对方块舞的看法，这的确和他练习的武术有点像，只不过要优雅得多。奈尔斯拉着安迪旋转，我则拉着想象中的保罗。

萨曼莎在嘲笑布雷克，因为布雷克不小心把手指勾在了她的头发上。

我们转身时，我看了一眼索尔登教练。和往常一样，她总会跟我们一起，独自跳着每一个舞蹈动作。

总会有人落单，总会有人独自跳舞。

不，不会了。趁卡尔发出口令让我们和舞伴再次绕臂旋转之前，我沿着舞台一侧跑向教练。她示意我赶紧回去，我却鞠了一躬，向她伸出了手。她没有牵我的手。她的耳边是不是又回响起猴子的声音？她教我们的第一条规则就是：必须接受邀请。然而，她却没有接受。

她一定是惊呆了。我伸出手，直接拉起她，不等她推托，就把她拉到了舞台上。台下响起了观众的掌声。

现在，教练和我，还有戈登和佐拉、奈尔斯和安迪、萨曼莎和布雷克，一起跳了起来。

卡尔表演了一番口技，又接着唱道："挖出来，存起来，摇一摇，好像摇匀我的盐罐……"

当我拉着教练旋转时，她露出了紧张的微笑。

"交换舞伴，牛仔们。"卡尔发出了新口令。

我们交换舞伴，教练和奈尔斯成了一对。

戈登和安迪绕臂旋转着，张开的翅膀好像晾衣绳绕住了安迪的脖子。但他们及时解开，继续下一个动作。忽然，戈登搂住安迪的腰做了一个花式下沉，安迪伸出一条胳膊和一条腿，完成了一个华丽丽的"花细动作"。

卡尔继续发出口令："换回各自的舞伴。"

我们又交换回来，安迪和奈尔斯继续一起数数。

我学着教练平时上课的样子，脑袋一点一点，踏着互绕步，踢着脚。教练也伴随着舞曲的节奏和我一样一点一点。

“脚跟有疣没法点，脚尖没事儿轻轻点，齐步行进不掉队。”卡尔高唱着新版口令。

我们驾轻就熟地绕成一圈齐步行进。四周十分喧闹，但我还是能听到有人在开怀大笑。奈尔斯和安迪还在执着地数着：“瓦、查、崴、罗斯。”

“女士往右，男士往左，绕圈漫步多轻松。胳膊举高搭拱门，轻轻松松穿其中。”

轮到奈尔斯和安迪穿拱门时，安迪的裙子卡住了。戈登和佐拉跳得太专注，没有注意到安迪紧紧地夹在了他们中间。教练和我连忙松开我们俩的拱门，从后面推，奈尔斯又从前面拉，总算让安迪的裙子穿了过去。

此刻，礼堂的观众们都在笑，笑声和音乐声、舞者的跺脚声融在了一起。我们也在笑，还有教练，她也在笑。

“聚到中心再退开。”

我和教练，还有其他成员围成一圈向中间聚拢，教练明显是笑喷了。

“左旋跨步。”

我们都转向旁边的舞伴，伸出左臂，旋转，再回到原来的位置。

“一嗒嗒高，二嗒嗒低，齐步行进一起走。一……起……回……”

卡尔噘起嘴又来了一段即兴口技。最后一段班卓琴响了，他向空中挥舞着手臂谢幕："咚，嗒，嗒，当，当。"

"咿——哦！"戈登吆喝了一声，把护目镜高高抛向空中。

我们一起面对着鼓掌喝彩的观众。奶奶第一个站起来，双手高高地举过头顶鼓掌欢呼。保罗往座位深处缩了缩。妈妈、外婆和爷爷也站了起来，加入了奶奶的行列，和其他观众一起大声鼓掌。

我看到爷爷的上衣口袋里隐约露出瓜子包装袋的一角。今天，我们不需要瓜子。

戈登向佐拉鞠了一躬，我差点儿忘了感谢我的搭档。

我握住教练的手，向她鞠了一躬。

她朝我行了个屈膝礼。当她直起身时，眼中闪烁着泪光。

也许我真的喜欢上了方块舞。

第二十六章

你很勇敢！

七个小时之后，我穿着 T 恤和卷起裤腿的背带裤站在服饰艳丽的人群中，就像一颗混迹在水果中的土豆。

辛格校长穿着亮橙色的紧身短上衣，裹着紫色的纱丽，上面还有金色的刺绣。扩音器里传来她尖锐的声音：“家长们、孩子们、朋友们，来参加我们首届家庭文化欢庆夜活动的人数远远超过了预期。所以，我们的文化特色展演环节将从食堂转移到操场上。”

大家好像一群兴奋的蚂蚁，冲出了大门。我倒希望能直接回家对着网子狠狠地练习投球，明年好夺回一号投手的位置，但看到大家都这么开心，我竟然也觉得不错。

戈登从菲律宾拼盘里拿起第四个春卷塞进嘴里，实际上，他已经吃了六个我奶奶做的虾饺了。

安迪和我紧张地交换了一下眼神。

“嗨，戈登，”安迪说，“你今天晚上还打算跳舞吗？”毫无疑问，安迪也回忆起了当时那个场面。

“那当然！”他说。

我忍不住偷偷低头瞥了一眼我的鞋子，鞋带的缝隙里仍然嵌着一小粒变硬的黄色早餐。

佐拉递给我们每人一块爱尔兰奶油酥饼，我们一起走到外面的操场上。奈尔斯和他的父母坐在操场边的长凳上，那里远离人群，比较安静。他爸爸在看一本书，封面十分诡异，估计作者还是那个叫什么金的家伙。

到处都不见我们棒球队队员的踪影。这倒不奇怪，毕竟运动会已经取消了。谢天谢地，乔丁和大部分足球社的女生也不在。

萨曼莎·平克顿用足球训练锥在操场上标出了一片区域，穿着她那件死板的、闪闪发光的芭蕾舞短裙不停地旋转，就好像这次活动是专门为她举办的一样。

索尔登教练将一只扩音喇叭举到嘴边：“感谢大家光临，到目前为止我们的活动大获成功。因此，我们晚上，还会有……更多的舞蹈！”

辛格校长低头窃笑，看来，只有她们俩才会觉得彼此很搞笑。

教练继续说：“好啦，首先要为大家展示的，是一种起源于捷克共和国的活泼舞蹈。”她说着向戈登点了点头。

戈登擦了擦嘴，把脏餐巾递给我。“该我出场了。”说着，他朝那位我猜是她奶奶的女士走去。他脱下连帽卫衣，潇洒地抛到一边，估计这以后就是他大秀舞技之前的招牌动作了。他的卫衣里面换了一件绣着虞美人花的天鹅绒马甲，和他奶奶的裙子、马甲刚好相配。奶奶还将白发梳成马尾辫，卷曲的丝带顺着辫子垂了下来。

戈登牵着奶奶的手走到操场中央。一位男士带着超完美的微笑，托着一架手风琴，爱慕地望着她，想必这就是奶奶的那位男朋友。他开合着胳膊，把空气灌进手风琴里。

人们围成了一个大圈。所有对表演稍有兴趣的人都不再注意萨曼莎·平克顿的芭蕾舞了。她愤愤不平地离开了操场，从安迪、佐拉和我身边走过，带过了一阵花香味的微风，丸子头发髻一路散开。

操场上回荡起嗡鸣声，戈登奶奶的男友按下了手风琴上如钢琴般的琴键。戈登和奶奶带着优雅的节奏旋转、踢腿，人群也跟着节奏一起拍手。随着手风琴的节奏，两位舞者的手臂像风车一样挥舞摆动。我开始想象，油脂和虾的混合物在戈登的肠道里被甩得好像送进了离心机。不过，他的脸色看上去还不错。

就这样，戈登和奶奶飞快地旋转着，直到舞曲结束，然后潇洒地鞠了一躬。

操场上的叫好声和喝彩声此起彼伏，直到索尔登教练的扩音喇叭再次响起，才渐渐平息。半数的观众被喇叭尖厉的啸叫声震得捂住了耳朵。

“请原谅。”教练用力清了清嗓子，好像这样扩音喇叭就能正常工作了似的，“接下来，有请安迪露西亚·华盛顿和她的家人表演一段来自几内亚的舞蹈。安迪露西亚的外祖父就是在几内亚出生的。”

什么？我这才意识到身边不见了安迪，急忙扫视操场，只见安迪和她的弟弟已经带着鼓向操场中心走去。安迪在一张凳子上坐好，把那只几乎和她一样大的鼓放在面前。她的弟弟扑通一声坐在旁边，放好他的小鼓。

一位女士走了出来，过了一秒钟，我才认出那是安迪的妈妈。但是，这简直不可能！她没有穿套装和高跟鞋，更没穿运动塑身裤，而是环腰系了一条色彩鲜艳的长裙。安迪开始敲鼓，她的弟弟也加入进来。

“我们表演的是西非的丰收舞，名叫卡萨。”华盛顿太太宣布完，开始款款摆动臀部。

我有点窘迫地看向安迪。有趣的是，她看上去丝毫不觉得尴尬。

安迪的妈妈闭上眼睛，随着鼓点晃动脑袋。从一边到另一边，她的舞步越来越快，鼓声也越来越急促。她俯下身来，双臂左右挥动。安迪那隆隆的鼓声震得我胸口发颤。华盛顿太太的动作是那么自如，我不禁起了鸡皮疙瘩，竟然觉得有些……美丽。

安迪怎么从没和我提过她会打鼓？不过，我是不是也有些事从没告诉过安迪？她见过我的大部分亲戚，但我一直认定，我爸爸妈妈双方的家庭中都有一些她无法理解的事。我从来没有带安迪去吃过中式点心，因为我觉得她会被我早已习惯的吃食吓到，比如凤爪，比如各种内脏。我还尽量避免带她去外婆家，因为我们常常要不得不看上几个小时的电视剧。还有，亡灵节的时候，我总是故意不让她走近为爸爸设的家庭祭台，因为我担心她理解不了，认为我们有毛病。

我没有给她机会。

安迪一家的表演结束了，我和妈妈等在旁边，直到欢呼结束。

我冲上去拥抱安迪，站在她妈妈面前，由衷地说：“真是太美妙了，华盛顿太太。”

华盛顿太太眼中闪动着泪花。“谢谢你，瓜达卢佩。”她擦了擦额头，露出释然的微笑，“你愿意什么时候来我们家一起跳舞吗？”

“我……我……”我进退两难，不知道该怎么婉拒她的邀请。

“那就这么定了。我们全家都盼着你下周能来和我们一起跳舞。”

我求助地看向安迪，她只是笑。光是摆脱我妈妈那些肉麻的舞蹈就够费力的了，难道现在还要想法子躲开安迪的妈妈？

教练宣布：“现在，有请辛格校长和她的儿子拉杰什表演一段欢快的印度舞。”

辛格校长和一个小男孩身穿亲子装走了出来。那男孩简直就像是迷你版的辛格校长，模仿着她的每一个动作，就像我在电视上看到的印度宝莱坞舞者一样舞动着。

一个八年级的学生和他的小妹妹在他们身后又跺脚又旋转地跳着墨西哥帽子舞。这种舞我倒是会，不过我可不想加入。

“哦，看那儿，是墨西哥草帽舞。”不知哪个同学的爸爸叫了一声，只不过说错了名字。我觉得今天晚上大家已经学到了太多的东西，所以决定先不去纠正他。下次再说吧。

又过了一会儿，一辆侧面涂着“华人老年中心”的面包车停在了操场旁边，爷爷从副驾驶座位上下来，穿过操场，挥着手朝我走来。

我向教练吹了声口哨。教练看向我，我用口型默示道："他们到了。"

教练点了点头，拿起扩音喇叭："嗯哼，注意啦。三，二……"

刚倒数到"二"的时候，学生们就自动安静了下来。大人们虽然不用担心被扣分，也跟着停下了手中的事情。

"我要感谢王卢佩同学的爷爷安排了这次特别的表演。"教练宣布道。

面包车的推拉门打开，走出了四个人，两个挎着鼓，两个举着铙钹。敲鼓的人徒手敲打着鼓面走向操场。打钹的跟在后面，嘈嘈杂杂地打着铙钹，速度越来越快。

众人瞪大了眼睛，盯着那四个人。我咧嘴笑了，真正精彩的可不是他们。

一个缀满绒毛的巨大头颅从面包车的推拉门里冒了出来，看上去像是代表友好的红龙。有几个人看到了兽头，倒吸了一口冷气。紧接着，红色的兽头旁边，又冒出了第二个黄色兽头。兽头跳下了车，但身体仍躲在车里，伴随着鼓和钹的节奏，兽头开始前后摆动，眨着一对巨大、灵动的眼睛。接着，兽身从车里探了出来，如同流泻而出的两道波纹。它们的头乍一看像龙，但其实是狮子。红色和黄色的狮头随着舞狮的鼓点在操场上翻飞跳跃，对着尖叫、大笑的人们眨着眼睛，开合着嘴巴。

舞狮永远是那么如梦似幻、多彩多姿、神秘莫测。我忽然想到，这些气质也同样造就了我，不由会心地笑了。

铙钹响彻天空，鼓声震得我的胸口怦怦作响。我转向坐在长凳上的奈尔斯和他的父母，还好他仍然戴着耳塞。见我望向他，他朝我咧嘴一笑。

我再次转过身来，看到舞狮的队伍四平八稳地围着人群蜿蜒行进，做着各种动作，最后又回到了面包车里。我追着队伍跑了过去，搂住了爷爷，抵着他的胸膛说："谢谢你。"

他坐在车里，朝操场的方向指了指："你停止了对抗，选择去克服，而这就是接下来会发生的事。"

目送着爷爷的面包车渐渐远去，辛格校长站到我旁边，用胳膊肘碰了碰我："你觉得怎么样，卢佩？"

我当然明白，这就是她让我们这个舞会变得更包容的新举措。但这还不够，我盯着人群，暗暗希望学校的每一次活动都能像这样包容所有人。"这是一个很好的开始。"

"开始？"她问道。

"今晚让我想到了冬季父女舞会，您说呢？"

她的目光扫向人群。我知道，她一定明白了我的意思——那么多只有单亲妈妈和单亲爸爸的家庭，还有两个家庭只有两个妈妈，三个家庭只有两个爸爸。

"说得很有道理。我想，我们还有很多工作要做。"

她叹了口气，拍了拍我的后背。“拉杰什！不！”忽然，校长脱口叫道，五彩的纱丽在我眼前一晃，人已经飞了出去：她的儿子刚刚从草皮上捡起一块吃了一半的日式煎饺，塞进了嘴里。

一个熟悉的声音传来，是萨尔萨舞曲。妈妈搂着朗格伦先生的腰，充分展示着她的超能力。可怜的朗格伦先生穿着一件胸前写着“惰性气体不懒惰”的 T 恤，在这样凉爽的傍晚，却仍像在实验室里一样汗如雨下。妈妈试着帮他平滑地扭动髋部，但他却只会僵硬地左右摇摆。

天快黑了，但没有人要离开。操场上挤满了人，跳着各式各样的舞蹈，尽管彼此都不同，但众人的舞姿完美地融合在一起。我们中的有些人并不来自这里，也有些人的家族早在这个国家诞生之前就生活在此了。不管是哪一种，谁都不该比别人更重要。

看到我越走越近，奈尔斯的爸爸放下了手中的书，向我挥了挥手。奈尔斯的妈妈面露微笑。奈尔斯仍旧戴着耳塞，我伸出手，邀请他跳舞。

奈尔斯没有立刻接受邀请，而是指了指操场上的人。

我转过身，顺着他指的方向看去。众人都在大快朵颐、载歌载舞，尽情享受着这一切。我忽然想到，仅仅一个月前，我还那么固执，完全不懂得欣赏这些，但现在……

当我再次转过身来时，奈尔斯站了起来，把一张“小龙人”便利贴贴在了我的额头上。我笑着剥下来，握在手里。亮粉色的便签纸上，粗大的黑色字母正凝视着我：**你很勇敢！**有什么东西哽在了我的喉咙里。我抬起头，只见奈尔斯站在面前，朝我伸出了手。我笑了，不假思索地接受了他的邀请。被一个男生邀请，这感觉并没有那么糟。

我们找到了妈妈和朗格伦先生，在他们旁边一起跳起舞来。

第二十七章

我们一起走到了这里

尽管并不是一场筹款活动，但我在网上的发帖仍然获得了近一万两千美元的捐款。人们捐款的主要原因是觉得我的帖子很“可爱”。方块舞依旧存在。实际上，我很高兴自己没有成功终结它。不过，更让我高兴的是，辛格校长也对这件事有所思考，并找到了办法在学校里做出改变。

现在，我们想邀请谁一起跳舞都可以了，所以我觉得不该留着这笔钱，就捐给了傅立的基金会，听起来是不是挺酷？

猜猜看，这意味着什么？意味着，我根本不需要兑现和赫克托舅舅的约定，不需要拿全 A 就能见到傅立。傅立说，我的举动算是一种创新，应该得到更多的奖励。

他不仅愿意见我，还安排我在主场比赛时投出第一球。

终于到了那一天，我们在通往球员休息区的大门里等待。傅立没有我爸爸高。我凑近他，不露声色地嗅了嗅。他的身上没有雨水和咖啡的味道，闻起来更像棒球：漂白的队服，还有手套油。不可能有人像爸爸一样，不过，傅立闻起来也很不错。

我不知道他上学时会不会因为没有墨西哥裔和华裔的种族标签泡泡贴而感到沮丧，不过，作为成年人，他看上去适应得很不错。我们走进球员休息区，头顶环绕看台的栏杆外，观众们在欢呼。

“准备好了吗？”傅立拿出一包脱水姜片，和奶奶从华人百货店买的那种一模一样。可能他奶奶在他肚子不舒服的时候也让他嚼这个吧。他给了我一片，我接受了。

“谢谢。”我把姜片送进嘴里，含在面颊内侧。

“我听说了你筹集资金的事。”他说，“这么说，你不喜欢方块舞？”

我耸了耸肩：“我想，它并不像我一开始以为的那么糟。”

“是啊，每个人都会在某个时候跳方块舞。”他的眼角抖了一下。我不禁暗暗好奇，当年他不得不与之跳舞的究竟是什么人。“不管怎么说，多亏了你，有八十个打不起棒球的孩子下个赛季就能参加少年棒球联盟的比赛啦。”

我从来没有想过这一点，这才意识到自己是多么幸运。我只希望那些孩子中，有一个能像我一样热爱棒球。

傅立碰了碰他的帽子向我致敬道：“知道吗？卢佩，关键从来都不在于你能赢多少分。”

我想起了他让赫克托舅舅转交给我的便条：**任何人都能投出一记好球，但只有真正有个性的人才能打出一整场好比赛。**

“问题在于你能不能竭尽全力去做一件自己一直有能力做的事。”他说，“体现你真正个性的是你做的事，而不是你赢下的分数。”

我不安地在地上蹭着钉鞋。此刻，我的脸可能像赛场上的泥土一样红。

我凝视着投手丘，正式棒球场的投手丘到本垒板的距离比我习惯的少年棒球场足足远了十四英尺。“要是我都没有投到本垒板怎么办？”

“你会投到的，你是那种会干成事的孩子。”他把手放在我的肩头，“而且，你已经为此努力了很久了。”

我们站在球员休息区的边缘。一个低沉的声音在球场回荡，就像电台里的棒球解说员：“今天晚上，为我们投出第一球的是来自伊瑟阔的——瓜达卢佩·王——！”

我越发用力地咀嚼着姜片，手不停拍打着手套上的防汗护腕。

傅立带着我走上台阶，来到球员休息区的顶层，在那里等候。观众看到了我们，开始呼喊："傅立！傅立！傅立！"我竖起耳朵仔细听，几乎也能听到他们在呼喊："卢佩！卢佩！"

傅立伸出了一只手，我的心怦怦直跳。这是他的特殊秘密握手吗？

突然，欢呼声被电子节拍和音乐声淹没了。小提琴的尖叫声响起，一个操着浓重南方口音的声音开始号叫："你从哪儿来，又到哪儿去？你从哪儿来啊，棉眼乔？"我简直不敢相信自己的耳朵。

傅立对我眨了眨眼，手又伸近了一些："准备好了吗，卢佩？"

"什么？"我惊叫道，后退了一小步，"现在吗？"

他拿过我的手套，把它放在我的头顶："让他们看看我们的本事。"

我用力甩了甩有些发麻的双手："好吧！不过，我来领舞。"

他大笑起来，收回了手。我鞠了一躬，伸出手。他行了个屈膝礼，接受了我的邀请。我们齐步行进，踏着相同的步点，踢着脚，跳出了球员休息区。观众的欢呼声如排山倒海一般，我几乎听不清那首曲子。

我抬头瞥了一眼妈妈和侯罗，他们应该就坐在球员休息区上方的位置。

但他们并没有坐着，而是在跳舞！

还有几个人也在跟着音乐跳着潦草的互绕步。

我带着傅立开始旋转，他大笑了起来。我们俩就这样一路跳着来到了投手丘。

“你从哪儿来，又到哪儿去？你从哪儿来啊，棉眼乔？”浓重的鼻音在歌唱。

傅立在对我微笑，我看到了。那笑容和爸爸举着螃蟹的那张照片上一样灿烂。我还看到傅立笑时，眼角绽开的一道道细纹。站在投手丘上的那一刻……我全都想起来了。

爸爸从不是个轻易放弃的人。傅立的笑容，就像我第一次吹口哨时爸爸露出的笑容；就像我用手指画出我的整张脸和身体时爸爸的笑容；就像在厨房里和妈妈共舞时爸爸的笑容；就像我第一次打棒球时爸爸的笑容。一模一样的笑容。我知道，傅立并不是爸爸，但是……

我都想起来了。

泪水模糊了我的视线，我努力忍了回去，这比秘密握手和拥抱还要棒。

傅立把手套从我的头上拿下来，微笑着递给我。“好了。现在，投出点劲儿来。”说完，他转身跑向本垒去接球。

爸爸就站在我身旁。我几乎能感觉到，他在拨弄我的头发。*好了，我们一起走到了这里，对不对，卢佩？*他站到一边，为我腾出足够的空间，让我站在他从未登上的球场，专心打球。

我轻声自言自语：“把身体重心压在投手板上。投球要深思熟虑……”

观众的呐喊声一浪高过一浪。我咽下了姜片，努力不让自己哭出来。

虽然这不像我成为第一个投出无安打的华裔和墨西哥裔混血女球手的时刻那样完美，但也已经非常接近了。

致谢

如果这就是真实的你

我由衷感谢那些以各自的方式支持着我，以及帮助卢佩的故事最终面世的人。

首先，我要感谢我的妈妈和爸爸——我笔下的文字融入了你们教给我的一切。我一直努力以你们为榜样，去爱每一个人，不评判任何人，保持宽容之心。妈妈，能够将这本书读给你听，在你离去前为你带去一点欢乐，我永远感恩。

感谢我此生的挚爱马克（Mark）。在这数十亿人生活的地球上，我究竟是如何在茫茫人海中找到了此生的完美伴侣，与你一起写作、侍弄花园，以及慢慢变老？你就是我眼中最完美的人。当我们逐渐老去时，愿上帝帮助我们的孩子。

感谢我的埃琳娜（Elena）和索菲娅（Sophia）。你们俩是我的珍宝，在我每天的生活和写作中启发着我。埃琳娜，你那好斗的天性和坚韧不拔的品格会让你走得更远。我希望能永远站在你身边，支持着你。索菲娅，你那善良的心和美丽的灵魂会让你一生受益。你们俩都是强大、聪明、可爱的人。能够成为你们的妈妈，我是多么幸运！

还有我的两个新宝宝，宝芬妮（Bethany）和麦克斯（Max），你们让我每天都感到骄傲和幸福。我知道，父母有时候和孩子期望的不太一样，但作为你们的母亲，我感到很开心。我非常爱你们俩。

感谢我的妹妹梅丽莎（Melissa）和亲密无间的表兄妹们——汤姆（Tom）、史蒂夫（Steve）、安吉（Angie）和罗布（Rob），你们让我的童年变得那么天马行空，充满了可以写作的素材。

感谢我最好的朋友阮梅（Mai Nguyen）。朋友无须太多，一个挚友足矣。很高兴我有你。

家庭的定义有很多种。现在，我又有了另一个大家庭——我的写作家庭。

剪纸之家写作评论小组（The Papercuts）：辛迪·罗伯茨（Cindy Roberts）、马克·马西耶夫斯基（Mark Maciejewski）、玛吉·亚当斯（Maggie Adams）、伊

莱·伊森伯格（Eli Isenberg）、大卫·科尔伯恩（David Colburn）、杰森·海恩（Jason Hine）、安吉·刘易斯（Angie Lewis）。我们真是不拘一格的一群人。我由衷感激我们每周对彼此工作的坦诚和支持。我愿意为你们放弃我写评论用的彩色记号笔！

尼克·托马斯（Nick Thomas）！哇……那是一次多么不同寻常的会面，多么神奇的旅程！我非常感谢你的洞察力，让这部小说变得更丰富、更感人。你教会了我很多，而且充满了善意和真诚。我特别喜欢和你的这次旅行，我的朋友！你不仅是一位杰出的编辑，还是一位勇敢和有思想的人。奔跑向前吧！

艾利森·莱姆切克（Allison Remcheck），你就是小说的风语者，我非常感谢你做我的经纪人，如今我们成了朋友。你就是每个作家梦寐以求的那种人，你能让他们的作品脱颖而出。

感谢我在斯迪莫拉文学工作室（Stimola Literary Studio）的经纪人大家庭，罗斯玛丽（Rosemary）、彼得（Peter）和艾莉森·H（Allison H.）对我的支持。你们是无数作家的主心骨！

感谢莱文·奎里多出版社（Levine Querido）的所有人，是你们给了卢佩一个与世界交谈的机会。亚瑟·A. 莱文（Arthur A. Levine），你打造了一个稳固、亲切的大家庭！非常感谢你那极富启发性的话语，感谢你积极倡导让那些渴望被倾听的人发声。感谢团队的其他成员：宣传经理亚历珊德拉·赫尔南德斯（Alexandra Hernandez）、营销总监安东尼奥·冈萨雷斯·塞尔纳（Antonio Gonzalez Cerna）和助理编辑梅根·玛利亚·麦卡洛（Meghan Maria McCullough），感谢你们为我和我的书开展的所有幕后工作。你们是一支努力工作的团队！谢谢你们的付出和支持！莱文·奎里多之队真棒！

梅森·伦敦（Mason London），谢谢你为卢佩创作了封面，它比我想象的要好太多。你一下子抓住了卢佩的灵魂！

感谢阿娜米卡·巴特纳格尔（Anamika Bhatnagar）在书中寻找错误并修正细节。你简直会魔法！

超级感谢梅芙·诺顿（Maeve Norton）设计了这本书，以及编年史出版社（Chronicle Books）印制部门的莱斯利·科恩（Leslie Cohen）和佛丽莎·布里扎德（Freesia Blizard），感谢你们让这本书如此美丽！

感谢儿童图书作家和插画家协会（The Society for Childrens Book Writers and Illustrators）。在本书的孕育之旅中，你们给予我的一切令我无以言表。因为有你们，我认识了不少生命中格外欣赏的人。

拉斯·穆萨斯（Las Musas），感谢你创造了一个温暖而可爱的抄写社区。你的支持以及社区里兄弟姐妹般的情谊，让我的写作世界充满了温暖。

玛丽莎·格拉夫（Marissa Graff）总是在我耳边滔滔不绝地讲述编辑智慧。我由衷庆幸能在这条文学之路上遇见你。

感谢我的写作导师格洛丽亚·肯普顿（Gloria Kempton），你是我的灵魂导师，教会我提出正确的问题，让人物和故事变得栩栩如生。

感谢我的小说测试版读者梅丽莎·库斯曼（Melissa Koosman）、罗布·弗洛克（Rob Vlock）、安吉拉·阿尔布雷希特（Angela Albrecht）、罗布·福斯伯格（Rob Forsberg）和索菲亚·周（Sophia Chow），感谢你们拨冗阅读了卢佩的故事，并帮助我把它变得更好。

感谢我的线上评论伙伴广美·科塔（Hiromi Cota）、奥尔林·卡尔尼（Orlyn Carney）、伯吉特·纳塞萨里（Birgitte Necessary）、帕姆·富尔顿（Pam Fulton）、弗雷德·坎帕诺利（Fred Campagnoli）、帕蒂·阿尔博（Patti Albaugh）和玛丽贝丝·德斯特（Maribeth Durst），你们对写作的热爱让我成为更好的作家。

致敬康纳（Connor），你是杰出的读者，感谢你提出的真知灼见，让书中的奈尔斯真实表达出了你的感受。

我用尽全力来聆听你的声音。作为年轻人，你已经相当酷了，毫无疑问，成年后的你也会很酷！

同时要感谢莉斯·拉费布尔（Liz LaFebre）专业的洞察，谢谢你把康纳介绍给了我。

林恩·米勒－拉赫曼（Lyn Miller-Lachmann），感谢你的专业知识和反馈意见，感谢你花时间帮助其他写作者们学习和进步。我算得上是你的粉丝呢。你是位了不起的作家和说书人！

感谢我的老师：普雷肖（Presho）夫妇、阿诺德斯女士（Mrs. Arnoldus）、格里芬女士（Mrs. Griffin）以及泰德叔叔（Uncle Ted）。可以说，你们多多少少都鼓励我爱上了阅读和书籍。再没有比这更珍贵的礼物了，因为这让一个孩子走出了沙漠小镇，发现了外面的广袤世界。谢谢你们！

感谢珍妮特·蒙哥马利（Jeannette Montgomery）教练、大卫·蒙哥马利（David Montgomery）教练以及爸爸。是你们鼓励我热爱比赛、遵守纪律以及努力工作。

最后，亲爱的读者，感谢你的阅读！如果我能通过这本书向你发送一条私信的话，我想说的是：无论你是谁，请接受真实的自己。做最真诚、最独特、最美丽的自己。正如书中的那个男孩说的那样：“如果这就是真实的你，懂你的人自然会爱你。”